아이는 느려도 성장한다

# RIKA TO MITTSU NO RULE

## JIHEISHO NO SHOJYO GA KOTOBA WO HANASU MADE

by Kenichi Tojyo

# 아이는 느려도
# 성장한다

도조 겐이치 지음 | 김소연 옮김

문예출판사

침대 위에서는 딸아이가 폴짝폴짝 뛰고 있다. 두 살짜리 어린애가 침대에서 신 나게 뛰는 모습은 흐뭇하고도 즐겁다.

평범한 경우에는.

하지만 내가 보고 있는 모습은, 평범하지가 않다.

'꺄──악' '끼이이이──잇!' 딸아이는 새된 소리로 비명을 지르며 발끝에 머리가 닿을 정도로 뒤로 몸을 젖힌 상태로 끊임없이 튀어 오르고 있다. 계속 그러고 있으니 몇 센티미터 정도는 공중에 붕 떠 있는 것처럼 보인다. 진동이 심한 탓에 침대가 덜컹거린다. 십 분, 이십 분……. 몸을 만져보니 리카의 근육은 냉동육처럼 경직되어 있었다.

저녁 8시가 되었다. 딸아이를 침실로 데려가 차광 커튼을 치고, 조명을 꺼서 방을 깜깜하게 만들었다.

얼마 전까지 이렇게 하면 딸아이는 금방 눈을 감고 편하게 잠이 들었다. 지금은 자정이 지나도 잘 생각을 하지 않는다.

딸의 눈이 어둠 속에서 새하얗게 빛나고 있다. 이렇게 깜깜한 곳에 아무리 오래 있어도 눈을 감을 생각이 전혀 없어 보인다.

딸은 깨어 있는 동안은 항상 발등이 지면과 거의 수직이 될 정도의 극단적인 까치발로 걷는다. 그건 발레리나의 푸앵트처럼 우아하지도 않고, 산양의 뒷다리처럼 동물적이고 악마적인 불길한 모습이었다.

시선은 전혀 마주치지 않는다. 억지로 눈을 맞춰도 눈동자는 순식간에 반대 방향으로 움직인다.

한 살 때는 엄마 아빠를 보면 안아달라고 조르던 아이였다. 두 살이 지나자 딸은 자기 몸을 스치기만 해도 발버둥을 치며 공포에 질린 표정으로 날뛰기 시작했다. 마치 보이지 않는 무엇에라도 닿은 것처럼……

눈앞에서 손을 흔들거나 웃어도 전혀 반응하지 않았다. 처음에는 눈이 안 보이나 싶었지만 반짝이는 것이나 세탁기 안에서 세탁물이 빙글빙글 도는 모습, 장난감 차의 바퀴가 회전하는 모습은 몇십 분이고 뚫어져라 쳐다봤다.

"상태를 두고 봅시다."

의사와 상담을 해도 두고 보자는 말뿐, 원인도 해결 방법도 말해주지 않았다. "성장기에 흔히 있는 일이지. 조만간 괜찮아질 거야." 지인에게 물어보아도 진지한 답은커녕, 네가 너무 피곤한 거 아니냐는 소리만 되돌아올 뿐이었다. 문제는 딸이 아니라 나란 말인가.

이 현상은 뭘까. 설마……

'귀신이 들린 건 아닐까?'

〈엑소시스트〉는 1973년에 미국에서 제작된 오컬트 영화로, 영화사상 가장 공포스러운 작품 중 하나다. 소녀에게 빙의된 악령과 신부의 싸움을 그린 윌리엄 프리드킨 감독의 대표작이며 아카데미상 10개 부문에 후보로 올라 각본상, 음향상을 받았다. 전세계적으로 4억 4천만 달러 이상의 흥행 수입을 올린 이 영화는 개봉 당시 그 충격적인 영상 때문에 미국과 영국에서는 19세 미만 관람 불가 판정을 받았다. 영국에서는 1999년까지 텔레비전 방영도 금지되었다.

내가 유년기를 보낸 1970년대는 오컬트가 큰 유행이었다. 텔레비전에서는 유리 겔라가 초능력으로 숟가락을 구부리고 망가진 시계를 염력으로 고치기도 했다. 책 중에서는 "일천구백구십구 년의 일곱 번째 달, 거대한 공포의 대왕이 하늘에서 내려오리라"라는 노스트라다무스의 예언을 담은 책들이 밀리언셀러가 되었고 죽은 사람의 혼이 빙의된 (것처럼 보이는) 사진을 수록한《공포의 심령사진집》이 대단한 화제를 불러일으켰다.

영화 〈엑소시스트〉는 그런 오컬트적 유행을 최고조로 끌어올렸다. 하지만 심령사진도 쳐다보지 못하는 내가 '실신 관객 속출'이라고 홍보하는 공포영화를 보러 갈 리 만무했다.

누나가 저 영화 재미있을 것 같다며 같이 보러 가자고 말도 안 되는 소리를 했다. 나는 그 영화만은 안 된다며 제발 혼자 가라고 애원하다시피 했다. 누나는 나와 터울도 많이 지고 예쁘기도 했지만 화가 나거나 언짢아지면 무섭게 변했다. 예전에 집을 나간 엄마 대신 엄마 역할을 하는 누나의 뒤를, 나는 갓 태어난 병아리처럼 졸졸 따라다녔다.

그런 무서운 영화는 보고 싶지 않았다. 하지만 누나의 부탁도 거절할 수 없었다. 잠시 저울질을 했으나 누나에 대한 호의로 기울었다. 설마 그런 영화를 보랴 싶었건만 나는 〈엑소시스트〉를 보고야 말았다.

영화는 내용과는 정반대인 평온함과 감동을 주는 격조 높은 테마곡으로 시작되었다.

'이거 어쩌지?'

영화가 시작되자마자 후회가 밀려왔다. 어린 마음에도 선곡 센스에서부터 제대로 된 공포영화임이 느껴졌다. 시작부터 울음이 터질 것 같았다. 나는 메마른 영상과 다큐멘터리 현장에 있는 듯한 현실감에 압도되고 있었다. 영화 초반에 이상한 일들이 일어나면서 주인공 소녀는 큰 병원에서 최신 검사와 정신과 치료를 받았다. 하지만 현대의학으로는 상황이 진전되지 않고 사태는 점점 악화될 뿐이었다. 소녀는 침대 위에서 날뛰고, 절규하며, 대량의 녹색 토사물을 뿜어댔다. 너무 두려운 나머지 나도 구토를 할 것만 같았다. '이런 무서운 영화는 다시는 보지 않겠다'고 결심했다. 그리고 실제로 그렇게 했다.

그로부터 20여 년 후——.〈엑소시스트〉의 그 주인공이 다시 내 눈앞에 나타났다. 이번에는 현실이었다. 딸을 쳐다보기가 두렵다.

대체 무슨 일이 일어나고 있는 걸까?

딸아이 안에 뭔가가 들어 있는 걸까?

물음에 대한 해답은 오래지 않아 얻을 수 있었다.

진짜 싸움은, 그 후부터 시작되었다.

이 이야기는 내가 약 3년에 걸쳐 경험한 실화다.

# 1장

# 학습과 벌칙의 관계

어

오후의

진찰실

"여기 앉으세요." 의사는 눈앞에 있는 의자를 가리키며 말했다. "오노 씨 소개로 오셨죠?"

"네, 오노 씨가 오늘 여기 가보라고 해서 왔습니다. 급하게 예약 부탁드려 죄송합니다."

도쿄 도심에 있는 이 진찰실은 다소 낡기는 했지만 상당히 넓었다. 가을 오후의 기다란 햇살이 부드럽게 방 전체를 비추고 있다. 도로 쪽으로 난 창문에 드리워진 커튼이 살랑거리고 이따금 창밖으로 자동차 지나는 소리가 났다.

"자, 긴장 푸세요." 의사는 부드러운 목소리로 말했다. "요즘 큰 변화나 스트레스가 있었나요?"

"요즘은 아니지만, 지난 몇 년 동안 여러 가지 일들이 있었습니다."

"어떤 일이죠?" 의사는 메모를 하면서 물었다.

"얘기가 좀 긴데 괜찮으시겠습니까?"

"물론이죠. 천천히 말씀해 보세요." 의사는 의자에 기대며 다소 편한 자세를 취했다. 나도 이야기를 시작했다…….

학습과 벌칙의 관계   13

．．．

　딸아이에게 일어난 일과 내가 어린 시절 겪었던 일 사이에는 묘하게
일치하는 부분이 있다. 먼저 아버지 얘기부터 시작해보려 한다. 몇 년에
걸친 딸과의 모험을 생각할 때마다 항상 아버지와의 관계가 떠오른다.


## 낙원에서 추방되어 노동자가 되다

　이야기는 2차 세계대전 말로 거슬러 올라간다.

　아버지는 중국의 동북부 만주 다롄(대련)에서 태어났다. 아버지의 가
족들은 육군 장교였던 할아버지를 따라 이역만리에서 생활했던 것이
다. 할머니 말씀으로는 아버지 가족은 러일전쟁 당시 러시아군이 스테
셀 장군의 부관을 위해 지었다는 저택에서 살았다고 한다. 그 집은 커
다란 벽난로가 있는 웅장한 벽돌 건물이었으며 아버지 가족의 호화로
운 생활 이면에는 중국인 하인들의 수고가 있었다.

　아버지는 태어나면서부터 초등학교까지 그 집에서 살았다고 한다.
저택에 인접한 해안 일부는 사유지처럼 이용되어 아버지는 여름이면
누구에게도 방해받지 않고 아침부터 해변에서 놀았다. 거기서 언덕에
위치한 저택을 바라보면 넓은 테라스의 난간이 보였다. 오전 10시부터
중국인 하인이 그곳에 나팔꽃 화분을 가져다 놓기 시작한다. 나팔꽃은
30분마다 추가되어 정오가 되면 테라스에는 다섯 개의 화분이 나란히

놓인다. 화분 개수로 시간을 확인한 아버지는 중국인 요리사가 만든 완벽한 점심을 먹기 위해 해변에서 집까지 이어진 전용 계단을 올라왔다. 백마도 키웠기 때문에 저택에는 승마장과 마구간도 딸려 있었다고 한다.

어느 날, 전쟁이 끝났다. 모든 걸 가지고 있던 아버지네 가족은, 그 모든 것을 잃었다. 값나가는 물건은 "스파시바(고마워)!"라는 말과 함께 러시아 침공군의 것이 되었다.

할머니와 아버지는 저택을 버리고 만주에서 탈출할 때 중국인들이 얼마나 친절하게 대해줬는지 자주 이야기했다. 중국인들 대부분은 아버지네 가족이 무사히 도망칠 수 있도록 도와주었다고 한다. 아버지는 그런 혼란 속에서 부모와 헤어진 일본 아이를 어떤 중국인이 "친자식처럼 잘 키워주겠다"며 거두는 장면을 목격했다. 같은 일본인도 자기 아이가 아니라며 외면한 고아를 중국 사람이 잘 키워주겠다고 데려가는 모습에 아버지는 감명을 받았다.

"왜 일본 아이를 키우겠다는 거죠?"

아버지는 주변 어른들에게 물었다.

그들은 "일본인은 교육을 받았고, 일도 잘해서 좋은 노동력이 될 수 있기 때문"이라고 답한 것 같다. 그렇게 말한 게 중국 사람인지, 일본 사람들이 자기네끼리 하는 얘기를 들은 건지는 모르겠으나 '어린이는 노동력'이라는 말이 아버지의 뇌리에 깊이 새겨지고 말았다.

일본으로 돌아온 아버지네 가족은 모든 걸 처음부터 시작해야만 했다. 가족에게 화려한 생활을 제공했던 강한 장군은 이제 없었다. 아버지는 시골 농가에 맡겨졌다. 하인들에 둘러싸여 러시아 저택에서 귀족처럼 살던 소년이 어느 날 갑자기 아침부터 밤까지 일해야 하는 '노동력'으로 작업장에 내던져진 것이다.

몇 년 후, 겨우 생활이 안정된 할아버지는 아버지를 농가에서 데려왔다. 아버지는 대학에 진학하기를 원했지만 집안 형편이 허락하지 않았다. 아버지는 인근의 상업 고등학교에 진학하여 할아버지의 장사를 돕기로 했다. 얼마 지나지 않아 할아버지가 돌아가시고 아버지는 열아홉 나이로 가족의 생계를 책임져야 했다. 낡은 사진 속 귀티 나는 소년의 모습은 온데간데없고, 대신 가혹한 작업장에서 얻은 글러브처럼 두툼한 손과 건장한 다리와 허리 그리고 돈에 대한 집착만이 남았다.


## 자기계발서를 읽는 초등학생

그로부터 약 20년 후, 여러 채의 아파트를 소유하게 된 아버지는 임대 사업을 시작했다. 임대 아파트는 세입자가 나가면 집을 다시 꾸며야 한다. 빈방의 벽지를 새로 바르거나 페인트칠을 새로 하거나 마루를 닦는……. 아버지는 이런 일들을 절대로 외부에 맡기는 법이 없었다.

"업자에게 맡기면 몇만 엔이 없어지지만 직접 하면 한 푼도 들지 않는다."

아버지는 이렇게 말하며 세입자가 이사 나갈 때마다 초등학생인 내게 빈방을 청소하고 꾸미도록 했다. 아버지는 나한테도 종종 '어린이는 노동력'이라고 말하고는 했다. 주말이면 나는 아버지 차를 타고 세입자가 나간 건물로 가서, 차에서 도구를 내리고 해가 저물 때까지 아버지와 함께 집을 수리했다. 때로는 혼자서 하기도 했다. 초등학생이 하는 일이기 때문에 벽지와 벽지의 무늬가 맞지 않고, 여기저기 풀과 페인트가 삐져나오기도 했다.

"전문가한테 맡겨요."

나는 몇 번이나 아버지한테 제안했지만 매번 거절당했다.

"업자한테 맡겼다가 세입자가 안 들어오면 어쩌려고 그러냐? 그렇게 되면 돈만 손해 보는 거라고."

아버지는 담배를 피우며 이렇게 답했다.

"그래도 지금보다는 나을 거예요. 방이 점점 더 추해지면 이상한 사람들만 들어올 거라고요. 이대로 두면 큰일 날 거예요!"

아이는 의외로 집안이 돌아가는 상황에 민감하다. 그리고 그런 걱정은 종종 들어맞는다.

일을 시키는 대신, 아버지는 내가 갖고 싶다는 것은 대부분 사주셨다. 피아노를 배우고 싶다고 하면 바로 피아노를 사주셨고, 공부방이 필요하다고 하면 마당 한쪽에 널찍한 별채를 만들어주셨다. 용돈이나 세뱃돈은 친구들이 받는 용돈의 평균 두 배는 받았던 것 같다. 게다가 책을 사는 데 필요한 돈은 용돈과는 별도로 받았으며 한도가 없었다.

나는 초등학교 3학년 때, '공부법' 관련 책에 눈을 떴다. 이전까지는 학교 공부와 직접 관련 있는 문제집이나 참고서만 샀다. 하지만 어느 날, 서점에는 따로 '공부법'이라는 장르의 책이 진열된 코너가 존재한다는 사실을 깨달았다.

기억력을 높이는 법, 집중력을 높이는 법, 공부 시간을 절반으로 줄여 두 배의 성과를 올리는 법, 의욕을 높이는 법, 수면 시간을 단축하는 법……. 이런 책은 신간이 나올 때마다 사들였다. 이런 책의 주제는 결국 더 큰 목적과 연결되어 있다. 예를 들어 기억력에 관한 책이라 해도 기억력에 관한 것만 쓰여 있는 게 아니다. 기억력을 향상함으로써 인생 자체를 성공시킬 수 있다는 식으로 말하고 있다.

학교 교과서나 참고서, 문제집에는 당장 해야 할 공부에 관한 것만 쓰여 있다. 하지만 공부법과 관련된 책에는 '이 책을 읽으면 무엇에 어떻게 도움이 되는지' 분명하게 나와 있다. 대단했다. 지금 하는 일에서 희망을 볼 수 있다면 하고자 하는 의욕이 샘솟을 것이다. 그런 책들에 매료된 나는 참고서는 거의 사지 않게 되었다.

현실적으로, 장기간에 걸쳐 성공하는 공부의 비결이란 '실제로 공부하는 것' 말고는 없지만 당시의 나는 공부 시간을 줄여 공부법을 공부했다.

동급생들이 교과서와 참고서로 착실하게 공부할 때, 나는 잠 줄이는 법, 암기법, 동기 부여 등 지름길이 될만한 기술의 '단기적'이고 절대적인 효과로 어떤 시험에서는 현 전체에서 3등을 했다. 당시 나는 기억력에 약간의 재능이 있기도 했다(여기에 대해서는 나중에 다시 이야기하겠다).

공부법의 인접 장르는 성공법이고, 비즈니스서이며, 자기계발서이다. 이들을 한데 묶으면 '성공서'라는 하나의 장르가 된다. 나는 초등학생 때 이미 열성적인 성공서 독자가 되어 있었다.

빈 아파트 수리를 직접 할 것인지, 업자에게 맡길 것인지 아버지와 상의하던 시기가 바로 그때였다. 성공서 애독자였던 나는 초등학생 주제에 경영에도 관심이 있었다.

아버지와 내가 주말에만 수리 일을 하면 다음 세입자를 들일 상태가 될 때까지 두 달이 걸린다. 돈은 들지 않지만 두 달 동안 집을 비워두니 사실 임대수익은 제로인 것이다. 그뿐만 아니라 서툰 솜씨로 집을 꾸며봤자 임대 단가도 낮아질 것이다. 전체적으로 보면 업자에게 맡기는 편이 경영 면에서는 정답이었다. 나는 부모의 자산이 마치 내 것인 양 운용법에 대해 열변을 토했다.

"부모의 재산이 줄든, 늘든 상관하지 마라. 돈은 순간에 날아갈 수도 있어." 아버지가 말했다.

## 공포의 입시 학원

나는 중학교 때 집 근처에 있는 소문난 학원에 다녔다.

이름 하여 단두斷頭 학원!

마음에 들지 않는 학생은 그 자리에서 발로 차고, 팬다. 다시는 오지 말라고 고함치며 수업 중에도 학생을 밖으로 내쫓는 곳이었다.

수업에 집중하지 않으면 때리고, 숙제를 잊어도 때렸다. 같은 반이었던 학원장의 딸은 '숙제를 깜박했'까지 말한 시점에서, 있는 힘껏 뒤로 뻗어 잔뜩 반동이 들어간 손으로 얼굴을 맞아 목이 거의 180도 돌아갈

듯 휘청하기도 했다.

자기 딸도 인정사정없이 체벌하는 곳. 피도 눈물도 없는 단두 학원.

하지만 이 학원은 꽤 인기가 있었다. 그렇게 마음껏 폭력을 행사하는데도 부모들은 누구 하나 비난하지 않았다. 오히려 잘 혼내주었다며 일부러 인사를 하러 오는 부모까지 있을 정도였다.

그 학원은 입학시험 자체가 어렵기 때문에 성적이 우수한 학생들만 모였다. 그 학원에 다닌다는 것 자체만으로도 성적은 증명되는 셈이다. 학원에서 잘릴 때까지 제 발로 나가는 사람은 아무도 없었다. 친구들 중에도 학원에 대해 나쁘게 말하는 녀석은 없었다. 누구라도 정답을 이해할 때까지 도와주는 등 열의에 찬 수업을 하기 때문이다. 성적이 오르면 원장은 학생을 집으로 불러 저녁 식사를 대접하는 등 크게 칭찬해주었다. 학생 대부분이 단기간에 성적이 올랐다.

지금 생각해 보면, 굳이 폭력을 사용하지 않았어도 이 학원에 다니는 학생들은 성적이나 태도 모두 학원에 들어오기 전보다 더 좋아지지 않았을까 싶다. 원장은 느끼지 못했을 수도 있지만 학생들은 공포감이나 체벌로 억눌려 있었던 게 아니다. 양질의 수업을 통해 성적을 올려주었고, 결과가 좋으면 충분히 칭찬해주었기에 인기가 있었던 것이다.

학원의 동급생들은 대부분이 그 지역에서 가장 인기 있는 명문고에 진학했다. 하지만 그해 명문고에 진학하지 않고 한참 등급이 떨어지는 학교를 선택한 친구가 한 명 있었다. 나였다. 왜 그랬는지, 이야기는 1, 2년 전으로 거슬러 올라간다.

## 아버지처럼 되고 싶지 않아

돈이라는 것은 어느 시점에 갑자기 없어지는 게 아니다. 해안에서 썰물이 빠져나가듯 슬그머니 줄기 시작하여 정신이 들고 보면 돌이킬 수 없는 상태가 되고 만다. 얼마 전까지 원하는 대로 살 수 있었던 책이 일주일에 한 권으로 줄더니, 한 달에 한 권으로 한도가 생겼다.

초등학교 때는 우리 집이 유복한 줄 알았는데, 중학생 때는 가난의 기운을 느꼈다. 식탁에는 풍요나 빈곤이 민감하게 드러나는 법이다. 내가 다니던 중학교는 급식을 하지 않아 도시락을 가지고 다녔다.

내 도시락의 내용물은 우리 집 형편을 정확하게 반영하며 점점 소박해졌다. 어느 날, 도시락에는 지난밤 먹고 남은 누렇게 변색된 찬밥 한 덩어리만이 들어 있었다. 반찬은 아무것도 없었다. 나는 창피한 마음에 도시락 뚜껑으로 내용물을 감추고 먹는 습관이 생겼다.

그 무렵, 어떤 코미디언의 "가난한 집 아이는 도시락을 뚜껑으로 감춘답니다"라는 우스갯소리가 유행하기 시작했다. 나는 정말 실감 나는 소재라고 감탄하면서도 한편으로는 '우리 집은 이제 가난하다'는 현실을 받아들이게 되었다.

고등학교 진학을 생각할 시기가 되었다. 나는 가고 싶었던 명문고 진학을 포기했다. 대신, 학비를 내지 않아도 되는 장학생 제도가 있는 학교를 찾아 진학했다. 장학생으로 선발되면 기숙사에 들어가야 했다. 나는 중학교 졸업과 동시에 부모님의 곁을 떠났다.

"돈은 누가 대주냐?"

집안 형편이 기울수록 아버지는 걸핏하면 이런 말을 했다. 책이나 옷을 살 때, 학원비를 낼 때, 아버지는 일부러 돈을 늦게 주거나 필요 이상으로 감사를 요구했다. 나는 그렇게 느꼈다.

"그러니까 고등학교부터는 제가 알아서 할게요."

나는 아버지한테 쏘아붙였다.

놀랐지? 이 수전노 영감! 나는 내 힘으로 고등학교에 진학하면서 아버지한테 설욕을 한 기분이 들었다. 아무리 가난해졌다 해도 돈에 집착하는 그런 어른은 되고 싶지 않아!

아버지는 나를 칭찬하는 일이 거의 없었다. 학교 시험에서 90점을 받으면 왜 백 점을 못 받았느냐고 다그쳤다. 학년 석차가 1, 2등일 때는 아무 반응도 없다가 10등 이하로 떨어지면 용돈을 줄이거나 비아냥거렸다.

점점 시험 결과를 보여주기가 싫어졌고 성적표가 나오면 아버지한테 들키지 않도록 감추거나 버리게 되었다. 그러면서 눈에 보이지 않는 느린 속도로 성적이 떨어지기 시작했다. 하강 속도는 느렸고, 또 성적을 감추다 보니 나 자신도 성적이 떨어지고 있다는 사실을 절실히 느끼지 못했다. 그렇게 가고 싶었던 명문고를 지망했다 해도 아마 합격은 어렵지 않았을까.


## 감옥 같은 기숙사 생활

아이러니하게도 칭찬에 인색한 아버지에게서 탈출한 후에는 더욱 칭찬에 인색한, 교육의 비중을 체벌과 억압에 둔 학교가 기다리고 있었다. 아흔을 넘긴, 외모도 머릿속도 화석처럼 보이는 교장 선생님이 군국주의에 입각해 군림하는 학교. 우리 장학생들이 생활할 기숙사는 시가지에 봉긋 솟은, 고분처럼 작지만 울창한 작은 산 뒤편에 요새처럼 들어앉아 있었다. 교장 선생님은 그곳에서 아침부터 밤까지 우리와 함께 생활했다. 그곳의 아침은 교장 선생님과 함께 부르는 군가 같은 기숙사가로 시작되었다.

학교에서도 기숙사에서도, 아무리 좋은 일을 해도 칭찬은 없었다. 반대로 나쁜 짓을 하면 필요 이상으로 엄한 벌칙이 기다리고 있었다.

남학생은 전원 머리를 1센티미터 이내로 짧게 잘라야 했다. 기숙사에는 잡지나 만화책을 가지고 들어올 수 없었고, 텔레비전이나 라디오도 반입 금지였기 때문에 우리는 바깥세상에서 무슨 일이 일어나고 있는지 알 수 없었다. 외부 정보는 차단되어 있었다. 기숙사의 통행금지 시간은 오후 5시 반이었기 때문에 기숙사와 학교를 왕복하는 일 말고는 아무것도 할 수 없었다.

2인실에는 하룻밤에 두 번, 기숙사 관리인과 경비원이 교대로 점검을 왔다. 그야말로 가택수색이었다. 그들은 매일 시간을 바꿔가며 아무런 인기척도 없이 방을 기습했다. 베개와 시트를 들춰보고 가방을 뒤졌다. 저항은 허용되지 않았다. 규칙에 반하는 무언가가 발견되면 무기정학 혹은 퇴학이었다.

'스탠퍼드 감옥 실험'이라는 유명한 심리 실험이 있다. 1971년 미국 스탠퍼드대학 심리학부의 필립 짐바르도 교수는 대학 내에 모의 감옥을 만들었다. 광고를 통해 대학생 75명 이상을 모집한 다음, 성격 검사 인터뷰를 거쳐 가정에서 좋은 교육을 받고 자랐으며 신체 건강한 순서로 상위 24명을 선발하였다. 그리고 무작위로 죄수와 교도관 역할을 분담한 뒤 각각의 역할을 연기하도록 했다.

시간이 갈수록 교도관 역할을 맡은 학생들은 점점 교도관처럼 행동했고, 죄수 역할을 맡은 학생들은 점점 죄수처럼 행동했다. 교도관 학생들은 눈 깜짝할 사이에 처음에 정해진 역할에서 일탈했다. 누군가에게 지시를 받은 것도 아닌데 죄수들에게 마음대로 벌칙을 가하고 독방에 감금했다. 교도관들의 행동이 점차 거칠어지고 폭력까지 행사하며 통제 범위를 벗어나자 2주일로 예정되어 있던 실험은 6일 만에 중지되고 말았다.

우리 학교 기숙사 반을 담당하는 교사나 관리인들은 교도관 역할에 제대로 몰두하고 있었다. 그들은 강하게 억압하고 외부 정보를 차단하면 학생들의 성적과 태도가 개선된다고 믿고 있었다.

학생에 대한 폭력이나 빈방을 이용한 감금, 심야에 콘크리트 바닥 복도에 꿇어앉히는 등 교육과는 동떨어진 행위가 입학한 지 2주도 채 지나지 않아 당연시되었다.

벌칙이 강화되면 사람은 빈틈을 노리거나 도망치려 한다. 기숙사에서는 금지 품목인 만화책이 고가에 거래되었고 담배나 술도 활발히 거래됐다. 기숙사생들은 때로는 권력에 투쟁하기 위해 뭉쳤고, 때로는 상대를 끌어내리기 위해 밀고를 했으며, 때로는 폭력으로 끝을 봤다.

그야말로 감옥이었다.

선생들은 교도관 역할에 열중하는 한편, 학생들은 수용된 죄수처럼 변해갔다. 감옥에서 죄수들이 오히려 더 훌륭한 범죄자로 진화하듯 학생들은 불량스러워졌고 학력은 저하되었다. 장학생 기숙사 반 학생들은 모집 당시에는 도쿄대 현역 진학을 기대받는 몸들이었으나, 대부분은 곧 공부에 흥미를 잃었다. 결국 도쿄대에 진학한 동급생은 한 명도 없었다. 입학 당시에는 상위 그룹이던 내 성적도 2학년에는 하위 10위권이 되었다.

## 격리된 세상의 무기력한 죄수

"꿈은 반드시 이루어진다! 도쿄대 문과 I (법학부) 현역 합격!"

입학 당시에는 책상에 이런 구호를 써 붙여 놓기도 했지만, 1년도 채 지나지 않아 그건 그저 그 자리에 붙어 있는 의미 없는 종잇조각이 되었다. 말 그대로 그림의 떡. 달성에 이르는 실행 과정이 명확하지 않은 목표는 종이에 적든, 표어로 만들든 그저 공상에 지나지 않는다. 현실이 될 리가 없다.

실현을 위한 구체성이 없는 목표는 오히려 무기력을 부른다. 기숙사 생활을 하는 다른 친구들도 책상에 "목표! 도쿄대 공대 합격" 혹은 "도쿄대 입학을 위해 죽을힘을 다해 공부하자" 같은 표어를 붙여놓았지만 붙인 본인도, 주위 사람들도 진심으로 여기지 않았다.

기숙사에서는 공부하는 모습을 들키는 순간 배신자 취급을 받을 때문에 평소에 자기가 얼마나 공부를 하지 않는지 강조하기 일쑤였다. 그런 일상 속에서 기숙사 동급생 대부분의 성적이 급격히 떨어졌다. 기숙사 내에서도 장학생이 아닌 일반 학생들 성적이 확연히 더 향상됐다. 칭찬도 하지 않고 엄격한 규율과 정보 차단, 협박과 체벌로 성적을 올리려 한 전교생 기숙사 제도라는 '지옥 실험'은 명백한 실패였다.

하지만 감옥이 좋은 점도 있다. 바로 독서 시간이다. 죄수 중에는 (아니, 기숙사생 중에는) 이유는 모르겠지만 부잣집 아이들이 많았다. 대기업 패밀리이거나 대대로 내려오는 병원의 원장 아들이거나. 의외로 나처럼 형편이 어려워 기숙사에 들어온 학생은 없었다. 그들은 부모에게 받은 거액의 용돈을 대부분 책을 사는 데 썼다. 기숙사에서는 신문, 잡지, 만화책, 텔레비전, 라디오는 금지 항목이었으나 책은 그렇지 않았기 때문이다. 실제로 감옥에서도 독서에 눈뜨는 이들이 많다고 한다. 감옥 같은 기숙사에서도 독서는 최고의 오락이었다. 나 역시 그곳에서 독서의 즐거움을 깨달았다. 동급생이 다 읽고 난 책을 물려받아 원래 좋아하던 성공서는 물론 도스토옙스키 같은 고전문학을 비롯해 서스펜스, 공상과학소설까지 탐독했다. 쓰쓰이 야스타카筒井康隆와 히라이 가즈마사平井和正, 오야부 하루히코大藪春彦의 작품은 모두 독파했다. 이들 작품은 피와 폭력, 생과 사, 정상 궤도에서 벗어난 과도한 블랙유머로 가득하여 금지 항목이 될 법도 했지만 관리인이나 경비원 같은 가택 수색조들은 그게 그냥 책인지 만화책인지만 알면 됐지 내용에는 아무 관심이 없었다.

그 학교는 그로부터 몇 년 후, 교장이 바뀌면서 남학생 삭발 제도도

폐지되고 감옥 같은 기숙사 분위기도 상당히 완화되었다고 한다.

생각했던 것보다 내겐 죄수 역할이 제법 잘 어울렸던 것 같다. 어차피 뜻이 있어서 진학했던 것도 아니니까.

아버지에 대한 반항심이 그렇게 시켰을 뿐이다.

격리된 세상에서 지시에 따르기만 하면 되는 세월을 보내는 사이, 내가 무엇을 하고 싶은지 알 수 없게 되었다. 일단 도쿄로 가서 대학에 들어가자. 그러다 보면 하고 싶은 걸 발견할 수 있을지도 모른다.

2장
# 채워지지 않는 욕망

감옥 같은 학교에서 탈출할 기회가 왔다. 성적은 떨어질 대로 떨어져 도쿄에 있는 국공립대학은 요원해지고 장학금 신청도 반려되었다. 사립대학은 경제적 부담이 컸다. 이제 기숙사에서 나와 진학 비용을 마련해야 했다.

10대였던 나의 관심사는 표준 점수도 아니고 수업 커리큘럼 안내장도 아닌 학비 목록이었다. 도쿄의 유명 사립대학 가운데 가장 학비가 저렴하면서 입학하기 쉬운 학교는 이미 알아두었다. 담임 선생님께 추천장을 부탁했다. 그는 감옥 실험을 하는 듯한 환경에 젖어 교사라기보다는 고약한 간수가 되어 있었다. 그는 그 자리에서 "내가 추천 같은 걸 해줄 줄 알아, 이 멍청한 녀석"이라고 내뱉듯이 말했다. 정말 침이라도 뱉는 건 아닐까 싶을 정도로 불량스러운 태도에 표정 또한 즐기는 듯한 느낌이었다.

당시의 내 사진을 보면 빡빡머리에 무기력한 표정, 살의가 도는 섬뜩하고 어두운 눈빛을 하고 있다. 훗날 나는 기자가 되어 수많은 범죄자를 만났는데, 그들은 고교 시절의 나와 어딘가 닮아 있었다. 선생도 선생이려니와 학생들도 만만치 않았던 것이다.

절친했던 친구는 시너를 너무 많이 흡입한 탓에 이가 빠져 즉시 퇴학을 당했다. 입학 당시에는 도쿄대 의예과를 지망했던, 키 크고 머리 좋고 잘생긴, 유복한 집안의 아들이었는데……. 학원 영웅의 화신이었던 그도 2년이 채 지나지 않아 이도 미래도 없는 폐인이 되고 말았다. 환경은 놀라울 정도로 짧은 시간에 사람을 바꿨다.

그런 의미에서 그 시기에 기숙사를 나온 것은 정답이었다. 나는 허물어져가는 방 한 칸짜리 연립주택으로까지 좁아진 집으로 돌아왔다. 아버지는 나의 귀환을 환영해주었다. 하지만 아버지와의 재회보다 키우던 고양이와의 재회가 훨씬 기뻤다. 고양이와는 여전히 친구 관계였지만 집으로 돌아온 후 아버지와는 점점 거리를 두었다. 아버지는 여전히 칭찬하는 법이 없었고 돈에 대한 집착은 더욱 심해져 있었다. 그로부터 거의 1년 동안, 인쇄공이나 도장공으로 일하면서 대학 입학금을 만들었다. 어느 아침, 나는 고양이한테만 이별을 고한 채 얄팍한 보스턴백 하나 달랑 들고 도쿄로 향했다.


## 도쿄에서 가장 불행한 청년

대학에는 들어갔으나 학비와 생활비를 벌기 위한 아르바이트에 쫓겨 수업에는 거의 출석하지 못했다. 전철비를 아끼려고 학교에 가지 않는 경우도 있었다. 돌아올 차비가 없어서 세 시간을 걸어 학교에서 집으로 돌아오는 경우도 종종 있었다.

전기료를 내지 못해 달마다 전기가 끊겼다. 공공요금을 내지 못하면 전화 → 전기 → 가스 → 수도의 순서로 공급이 끊긴다. 낼 돈이 생길 때까지 수금원을 피해 집에 없는 척하기도 했다.

월말에 집세를 내고 나면 다음 달 생활비는 거의 남지 않았다. 식비도 없어 일주일 동안 콩나물과 물만으로 살기도 했다. 그 정도 저칼로리 상태에서 갑자기 식사를 한다는 건 위험한 행동이다. 겨우 돈을 모아 라면을 먹으러 갔다가 갑자기 눈앞이 깜깜해지면서 쓰러질 뻔하기도 했다. 단순한 현기증이 아니었다. 갑자기 눈앞에 출몰한 어둠의 나락으로 떨어질 것 같은 느낌. 굶주린 사람에게 갑자기 음식을 주었더니 죽고 말았다는 얘기를 전에 사극에서 본 적이 있는데, 설마 내가 그런 경험을 하리라고는 생각지도 못했다.

20대 초반의 나는 도쿄에서 가장 불행한 청년이라고 생각했다. 청결한 것을 좋아해 되도록이면 깨끗하게 관리했는데도 독방처럼 비좁고 욕실도 없는 낡은 방에는 늘 바퀴벌레가 들끓었다.

이유는 모르겠지만 해충은 빈곤을 좋아하는 것 같다. 어느 날, 그릇장을 열었더니 파리가 문 뒤에 알을 잔뜩 까놓은 게 보였다. 또 어떤 날은 집에 와 불을 켜니 천 마리는 족히 되어 보이는 날개개미 무리가 방 한가운데서 오른쪽으로 나선을 그리며 소용돌이치고 있는 게 아닌가. 당황해서 살충제를 뿌리니 믿을 수 없을 만큼의 날개개미 사체가 이불 위로 소복하게 쌓였다. 덕분에 청소하다가 아침을 맞고 말았다.

그뿐 아니다. 나는 허기를 달래려고 줄담배를 피워댔다. 하루하루가 나른해졌고 걸핏하면 구역질이 났다. 위액이 역류하여 입 안은 항상 시큼했고, 치아가 녹아내리기 시작했다. 체중은 50킬로를 넘지 못했다. 허리에 맞는 벨트가 없어 가장 안쪽 구멍보다 더 안쪽에 구멍을 뚫어야만 했다. 동급생 가운데 이렇게 비참하게 사는 친구는 아무도 없었다.

## 인생을 바꾸려면 돈이 필요하다

도대체 대학은 무엇 때문에 온 걸까? 대학을 그만두고 아르바이트에만 전념하면 식비를 걱정해야 하는 이런 생활에서 벗어날 수 있을 텐데. 하지만 그만둔 후 어떻게 될 것인가를 생각하면 답답하기 그지없었다. 자영업을 하던 부모가 침몰하는 모습을 목격하게 되면 사업을 시작할 용기를 내기란 어렵다.

어째서 부모는 부자인 상태로 있지 못하는 걸까? 어째서 아무도 도와주지 않는 걸까? 전기가 끊긴 어두운 방에서 주린 배를 움켜쥐고 천장을 바라보며 나는 내 처지를 원망했다. 하지만 아무리 원망해도 현실은 바뀌지 않는다.

어떻게 하면 이 상황을 바꿀 수 있을까. 이 문제를 생각하다 보니 잠이 달아났다. 새벽이 다가오고 어두웠던 방이 희뿌옇게 밝아온다. 나는 먹을 것도 없을 정도로 궁색한 주제에 책과 영화에 드는 돈은 주저하지 않았다. 방은 책으로 가득했다. 그때, 한 권의 책이 눈에 들어왔다.

《면접의 달인》. 대형 광고기획사 출신으로 훗날, 유례없이 많은 자기계발서를 써낸 나카타니 아키히로中谷彰宏의 첫 베스트셀러. 사놓기만 하고 아직 읽지 못했던 그 책을 집어 들었다.

책은 의외로 유익했다.

지금까지는 대학생을 위한 취업 지침서는 대부분 이력서 작성법이나 인사법 정도를 다룬 매너 모음집 정도였는데,《면접의 달인》은 아마 취업 활동 비법을 전술적으로 수록한 최초의 책이었던 것 같다. 책을 읽다 보니 나는 누구인가, 라는 고민 따위는 어디론가 사라졌다.

'그래, 돈이야! 좋은 회사에 들어가 월급을 많이 받으면 상황을 바꿀 수 있어!'

나는 돈이 없다는 이유로 학교에 거의 가지 않았다. 하지만 그러면 그럴수록 대학생으로서의 존재 이유는 희미해져 갔다. 대신 편의점 점원, 공사판 인부, 학원 강사 등 생활을 위한 근로자로서의 존재 이유가 부각되었다. 이대로 하루하루의 생활에 쫓기다 보면 그 끝에는 더욱 불안정한 미래가 기다리고 있을 것이다.

이런 인생을 바꾸려면 돈이 필요했고, 돈을 수중에 넣으려면 취업할 곳이 필요했다. 나중에 대학 도서관에서 급여에 대한 특집 기사가 실린 경제지를 보고, 외국계 은행이나 대형 언론사라면 20대에도 고액의 연봉을 받을 수 있다는 걸 알았다.

돈이다, 돈! 돈으로 인생을 바꾸자.

아무리 가난해져도 돈에 집착하는 어른은 되지 않겠다던 결심은, 궁핍한 생활을 하는 가운데 기억에서 사라지고 말았다. 지금 이 순간부터 욕망의 액셀을 힘껏 밟아보자!

## 욕망이란 엔진의 페달을 밟다

이튿날 아침부터 학교에 가기 시작했다. 수업에 꼬박꼬박 출석하는 것은 물론 취업지원센터에 들러 좋은 취직자리를 물색했다. 언론사 계열에 취직하기 위해 스터디 모임에 참여하고 고소득에 관심 있는 친구들만 골라 사귀며 정보를 교환했다.

거품 경제라 불리던 호시절은 이미 과거가 되었고 일자리를 찾기는 어려웠다. 총 300개사의 입사시험에서 줄줄이 낙방했지만 정신적·육체적으로 굶주려 있던 나는 집념을 잃지 않은 덕에 어느 유력 언론사의 영업직에 채용되었다.

하지만 돈에 대한 욕망은 채워지지 않았다. 입사하자마자 상위 그룹의 회사로 전직하기로 마음먹었다. 사람들에게 자랑할 만한 회사, 자랑할 만한 연봉이 필요했다.

일단 움직이기 시작한 욕망의 엔진은 점점 속도가 빨라졌다. 욕망을 '목표'라는 아름다운 이름으로 바꾸고 목표 달성을 위해 탐욕스럽게 달렸다.

영업 정도는 우습게 생각했는데, 처음 3개월은 아무리 노력해도 한 건의 계약도 따내지 못했다. 기관투자가나 관공서 등 이용자가 한정된 상품과 서비스를 판매했기 때문에 고객 명부에는 한계가 있었다. 방문 영업도 효과는 없었다. 이런 상황에서 성과를 올리려면 어떻게 해야 할까? 회사에서 준비해준 상품과 서비스에 관련된 팸플릿은 나도 선뜻 이해가 되지 않았다.

'판매하는 사람이 이해하지 못한다면 누구한테 팔 수 있단 말인가.'

나는 발상을 전환해보기로 했다. 기존의 판매 방식은 모두 버리자. 대신 나 자신이 이해할 수 있는 말로 설명하고 팸플릿 광고 문구 역시 나눠주는 사람도 흥이 나도록 바꾸고 자비로 제작해 배포하자. 굳이 방문도, 영업 전화도 하지 말고 상대방이 관심을 가질 때까지 이쪽에서는 아무것도 권유하지 말자.

시간이 지나자 문의 전화가 오기 시작했다. 내가 나의 언어로 만든 팸플릿에 관심을 두고 전화한 고객이므로 계약까지는 시간도, 수고도 필요치 않았다. 나는 곧 우수 판매 사원이 되었다. 실적 카드가 쌓여가자 나는 신속하게 전직을 감행했다.

영업 기술을 인정받아 대형 언론기관의 기자직에 정직원으로 채용되었다. 연봉은 첫 직장의 두 배.

나는 사회부 기자 신분으로 매일 경찰서나 법원을 드나들며 온갖 사건을 쫓아다녔다. 당시 도쿄에서는 사린가스라는 화학무기를 사용해 일반 시민을 공격한 사상 초유의 대규모 지하철 테러 사건이 발생하였는데, 이를 감행한 옴진리교에 대한 조사가 한창이었다.

어떤 때는 교단의 본거지인 야마나시 현 가미쿠이시키무라에서 2주 동안 밀착 취재를 하기도 했고, 어떤 때는 운전기사가 딸린 회사차로 교단 간부를 야마나시에서부터 도쿄 아오야마 본부까지 시속 180킬로미터로 추격하기도 했다. 그 속도로 도로를 달리면 다른 차들은 멈춘 것처럼 보인다. 정지된 세상에서 움직이고 있는 것은 마리오 카트처럼 고속도로 차선을 이리저리 질주하는 교단 차량과 창밖으로 상반신을 내밀고 광선검처럼 생긴 유도등을 휘둘러대는 격노한 경찰 차량뿐. 그리고 추월할 듯 말 듯 그 뒤를 바짝 쫓는 방송사 차량과 오토바이 무리…….

도쿄에 도착해 차에서 내렸을 때 교단 간부가 눈앞에서 칼에 찔려 죽었다. 파란색 셔츠가 선혈로 물들어 땅으로 떨어졌다. 기자로서의 욕망에 사로잡힌 나는 놀라기보다는 환호성을 질렀다. 그리고 목숨이 꺼져가는 간부의 눈을 응시하며 카메라 셔터를 눌러댔다. 그의 눈에 마지막으로 비친 것은 아마 〈2001 스페이스 오딧세이〉의 HAL9000처럼 차가운 무기질의 눈빛이었으리라.

훗날 같은 해에 일어난 고베 대지진 당시 촬영한 사진을 정리하다 보니 한 장의 기념사진이 나왔다. 사진 속에는 폐허가 된 빌딩 숲에서 웃는 얼굴로 브이 자를 그리고 있는 내가 있었다. 나는 자신의 그런 무신경이 실망스러웠다. 문득 보도라는 이름의 이런 위험한 칼을 휘두르며 살아서는 안 되겠다는 생각이 들었다.

나는 기자직에서 떠날 결심을 했다. 다른 회사로 옮겨 PR이나 마케팅을 하기로 했다. 클라이언트를 유명인으로 만들기 위한 광고나 판매 문서들을 만들었다. 영업 기술과 취재 기술이 있고 어릴 적부터 자기계발서를 탐독했던 나는 고객이 원하는 것을 쉽게 간파했다. 이번 일에서도 성공 가도를 달렸다.

얼마 후, 나는 유명 항공회사의 승무원과 결혼했다. 수입은 두 배가 되었다. 불과 몇 년 전, 일 년 내내 일해야 손에 쥘 수 있었던 금액보다 지금의 한 달 월급이 더 많았다. 도쿄에서 가장 임대료가 비싼 지역에

살며 독일제 차를 굴리고 매일 고급 레스토랑에서 식사를 했다. 주말이면 비행기로 일본 전역의 고급 리조트를 찾았다.

기자 시절, 사건 사고나 재판 등 다양한 사회문제를 다룬 경험 탓인지 사람이나 사회문제에 대해서는 민감하고 신중한 편이었다. 하지만 짧은 시간에 궁핍했던 생활이 화려하게 변하면서 머릿속에서는 그런 세상에 관한 문제의식은 깨끗하게 사라지고 말았다. 나는 어느새 고민도 문제의식도 없는 샐러리맨이 되어 있었다. 그리고 그 상태에 안주하다 보니 이제는 타인의 고통에 공감하지 못하는 사람이 되었다.

어느 날, 사토라는 대학 동창이 찾아왔다. 성공적인 취직과 전직으로 유명세를 타자 가끔 동기나 선배가 찾아와 조언을 구했다. 사토가 나를 찾아온 것도 그런 이유에서였다.

지금의 회사에서 실적을 쌓은 다음 그걸 무기로 회사를 옮기면 된다고, 나는 텔레비전을 보면서 그의 개인적인 사정은 아무것도 묻지 않은 채 성의 없이 대꾸했다.

"지금 회사에서는 별로 실적이 없어."

"노력이 부족한 건 아냐?"

"노력했지만 잘 안 되더라고."

"그건 핑계겠지." 나는 매정하게 잘라 말했다.

"그런 말 들으면 우울증에 걸릴 것 같아."

"우울증 걸릴 시간도 있냐!"

당시의 나는 늘 이런 식으로 친구의 고민에도, 사회문제에도 무관심했다. 텔레비전이나 신문에서 빈곤이나 장애, 차별 등이 문제시되어도

'그게 뭐 어쨌다는 거야'라는 식이었다. 고민 따위는 보고 싶지도, 듣고 싶지도 않았다. 나는 드디어 내 힘으로 경제적으로 걱정 없는 생활을 붙잡았다. 이제 그걸 즐기는 일만 남았다. 학창 시절 전기가 끊긴 좁은 골방에서 좋은 회사에 취직하면 경제적인 어려움도, 심리적인 공허함도 해결될 거라 믿었던 그날 밤으로부터 여러 해. 그 꿈이 이루어진 지금, 대체 무엇이 문제란 말인가.

## 채워지지 않는 갈증과 공허한 마음

하지만 인정하고 싶지 않지만, 원하는 것은 없는데도 왠지 마음은 항상 공허했다. 돈에 궁하지 않다는 것은 향락적인 즐거움이나 생활의 안정감 그리고 지금 글로 고백하는 게 부끄럽기도 하지만 타인에 대한 우월감을 갖게 한다. 좋은 회사에 다니니까 나는 잘난 거다. 높은 연봉을 받으니 대단한 거다……. 하지만 그런 우월감은 나보다 더 좋은 회사에 다니는 사람이나 더 고소득인 사람 앞에서는 순식간에 열등감으로 바뀌었다. 그럴 때면 무의식적으로 상대방의 단점을 찾아내 나를 정당화하고는 했다.

잠 못 드는 밤에 혹은 따분할 때, 문득 내 마음을 들여다보면 거기에는 슬프리만치, 아무것도 없었다. 어둠조차 존재하지 않는 텅 빈 마음.

내가 진정으로 하고 싶었던 것은 무엇일까?

무엇을 위해 태어났고 무엇을 위해 사는가?

이런 생각을 하면 공허한 마음과 마주하게 된다. 쓸데없는 생각은 떨쳐버리자며 점점 더 사치스러운 소비로 도피했다. 이것도 갖고 싶고 저것도 갖고 싶다는 욕망은 채워지면 채워질수록 점점 더 갈증을 호소했다.

학생 때는 라면 한 그릇에도 일주일이 행복했다. 그런데 지금은 값비싼 이탈리안 음식을 앞에 두고도 무표정하다, 더 비싼 코스 요리를 생각하면 전혀 행복하지 않은 거다.

나의 첫 차는 도장도 벗겨지고 비가 새는, 경사가 높은 곳에서는 시동이 꺼질 듯한 위기감을 느끼게 하는 십만 엔짜리 중고차였다.

지금은 옵션으로 특수 도장처리까지 된 오픈카를 타고 있지만 조만간 더 고급 차로 갈아탈 계획이므로 시시하게 느껴질 뿐이다.

이것이 내가 원하는 세상의 정체였다.

3장

# 귀신 들린 아이

"이렇게 작을 수가……."

외동딸 리카가 태어났을 때 내가 느낀 것은 신생아의 작은 몸에 대한 놀라움과 경외심이었다.

눈앞에 있는 이 작은 물체가 살아있다는 현실감은 정말 대단했다. 지금까지 나는 이건 누군가의 꿈이며, 언젠가 이 꿈에서 깨면 내 존재도 홀연히 사라지는 게 아닐까 하는 불안감 속에 살고 있었다. 기자 시절에도 사건이 크면 클수록 오히려 영화를 보는 듯한 비현실감을 느끼곤 했다. 하지만 지금 내 눈앞에 있는 이 작은 아이는 내가 경험한 그 어떤 대단한 사건보다도 훨씬 현실적이었다.

우유를 먹이고, 기저귀를 갈고, 목욕을 시켰다. 이런 일들은 나나 아내가 하지 않으면 누구도 대신 해주지 않았다. 만약 우리의 손길이 닿지 않으면 아이는 영원히 울어델 테고 분비물은 영원히 그곳에 있을 것이다. 눈을 떠보니 꿈이더라는 얘기는 통하지 않는다.

아이를 돌보는 일은 의외로 싫지 않았다. 만약 그것을 '일'이라 부를 수 있다면 아이를 돌보는 일은 지금까지 해왔던 그 어떤 일보다 즐거웠다.

## 딸에게는 무엇이든 최고로

나는 리카를 위해서라면 아낌없이 돈을 썼다. 유모차는 대형 크기와 접이식, 삼륜 세 종류를 구비했고 이탈리아나 프랑스제 고가 의류를 사들였다. 단골 백화점에서는 딱히 마음에 드는 물건이 없으면 가장 비싼 걸 골랐기 때문에 얼마 지나지 않아 주요 고객 명단에 올랐고, 우리는 또 그 재미에 점점 더 쇼핑을 즐겼다.

이전에는 좁은 단독주택을 임대해 살았는데, 딸아이에게 방을 만들어주고 싶은 마음에 도심에서도 가장 좋은 입지에 있는 넓은 아파트를 샀다.

선택은 리카에게 맡겼다. 모델 하우스를 방문하거나 매매로 나와 있는 집을 보러 가면 이제 막 걸음마를 시작한 리카는 고무 젖꼭지를 입에 문 채 혼자 집 안 구석구석을 돌아다녔다. 문을 열고 옷장 안을 들여다보기도 하고 싱크대 문을 열었다 닫았다 하며 집이 주는 느낌을 확인했다.

우리는 아이의 반응을 보며 리카가 가장 좋아하는 것처럼 보이는 집으로 계약했다. 그 아파트에는 우리 딸에게 딱 어울리는, 미국 영화에나 나올 법한 귀여운 어린이 방이 있었다.

"리카에겐 공부를 많이 시킬 거야!" 내가 말했다.

"당연하죠." 아내도 같은 생각이었다.

아이한테는 경제적인 풍요와 더불어 교양과 교육도 함께 물려주고 싶었다. 나는 가난했기에 유학은 꿈도 꾸지 못했지만 우리 딸한테는 가고 싶은 학교나 가고 싶은 나라를 선택할 수 있는 자유를 주고 싶었다.

포인트는 어학 실력. 말의 힘이다. 내 딸은 영어 외에도 여러 나라 말을 할 수 있는 영재로 만들자. 유럽에서 자란 아내는 영어 외에 이탈리아어도 원어민 수준이며 다른 몇 개 국어에 대한 지식도 있었다. 우리 딸도 엄마처럼 다국어를 구사하도록 해야지. 우리는 갓 태어난 아기한테 어떤 교육을 시킬지 매일같이 머리를 맞대고 이야기했다.

도쿄, 하버드, 런던, 홍콩 같은 세계적인 일류 대학에 진학시켜 세계 일류 기업에 취직할 수 있도록 해주자. 딸아이한테는 최고의 교육을 시키자. 이것이 나와 아내의 공통 희망이었다. 우리 딸은 분명 이 아빠가 이루지 못한 꿈을 이루어줄 거야.


## 인형과 놀지 않는 아이

리카는 정기검진에서는 아무런 문제가 없었고 소아과 의사도 정상적으로 자라고 있다고 했다. 딸아이의 키와 체중은 표준 성장 곡선을 따르고 있었으며 표정도 풍부하고 사람이 다가가면 좋아했다.

다만, 말이 늦된 편인지 '아빠' '엄마'라는 말은 좀처럼 나오지 않았다. 딱 한 번 '으빠'처럼 들리는, 아빠에 가까운 발음을 한 적이 있는 것도 같지만 그것도 실제로 그렇게 발음을 한 건지 아니면 나만 그렇게 느낀 건지는 정확하지 않다. 그만큼 리카는 말수가 거의 없는 상당히 얌전한 아이였다.

"아기가 정말 귀엽네요!"

갓난아이가 있는 부모는 인사치레라도 이런 말을 종종 듣게 된다. 우리도 마찬가지였다. 그리고 하나 더, 리카는 여기에 더해 "아이가 무척 얌전하네요"라는 칭찬도 많이 들었다.

리카는 오랜 시간 의자에 앉아 있을 수 있었다.

보통 애들은 이렇게 오래 앉아 있지 못한다며, 자기 집 아이도 좀 이러면 좋겠다고 말하는 이웃도 있었다. 분명 리카는 비슷한 또래의 아이들에 비해 얌전한 것도 같았다. 하지만 리카가 얌전한 이유는 '여자애니까요'라는 한마디로 충분했다.

내 누나는 아들만 둘이다.

"삼십 분만 애들 좀 봐줄래?"

어느 날, 누나에게 이런 부탁을 받았을 때는 몇 시간도 문제없다며 큰소리쳤지만 당시 두 살, 세 살이던 조카들의 에너지는 상상을 초월했다. 이리저리 날뛰는 녀석들의 동선은 마치 태풍이 쓸고 간 자리 같았다. 십 분도 채 지나지 않아 녹초가 된 나는 침대 위에 털썩 쓰러지고 말았다. 이후로 남자아이를 키우는 게 보통 일이 아니라는 생각을 하게 되어서일까? 우리 애가 조금 별난 건 아닐까 싶다가도 여자애니까 사내 녀석들하고는 많이 다를 거라고 단순하게 해석하고 넘어갔다.

리카는 놀 때는 깔깔거리고 신 나게 뛰어다니며 엄마 아빠를 놀이에 끌어들였다. 이상한 점은 아무것도 없었다. 리카는 웨이브가 진 옅은 갈색 머리에 웃을 땐 보조개가 쏙 들어가는 아이다. 당시의 리카를 찍은 비디오를 보면 꺄 하는 유쾌한 탄성을 지르며 온 방을 뛰어다니거나 소파 주위를 빙글빙글 돌거나 윗싱크대 문을 열려고 의자에 올라가 까치발을 하고는 했다. 그리고 가끔 카메라 렌즈를 보며 그 사랑스러운 보조개를 보여줬다. 완벽한 아이의 모습, 바로 그 자체였다.

하지만 지금 생각해보면 이후에 일어날 일의 전조 현상이 이미 여러 차례 있었는지도 모른다.

리카는 인형 놀이를 하지 않았다. 인형은 많이 사주었다. 헝겊으로 된 동물이나 애니메이션 캐릭터 인형, 독일 민예품 스타일의 목각 인형, 욕조에 넣으면 머리카락 색이 변하는 인형 등 장난감 가게에서 파는 온갖 종류의 인형을 사주었다. 하지만 그 어떤 인형을 앞에 갖다 놓아도 리카는 잠시 발만 만지작거리다 저쪽으로 가버렸다. 적어도 인형을 안고 걷는다든지 하는 애착을 보인 적은 없었던 것이다.

우연히 드라마에서 딸아이 또래인 한두 살짜리들이 인형을 안고 자는 장면을 봤을 때는 그 친구가 유난히 인형을 좋아하는 거라고 생각했다. 인형놀이에 거의 흥미를 보이지 않는 게 드문 경우라는 건 한참 후에 깨달았다.

리카는 공놀이에도 전혀 관심이 없었다. 말랑한 고무공을 던져봐도 생글생글 웃기만 할 뿐, 주워서 상대에게 되던질 생각은 없어 보였다. 그때도 여자애라서 그런 거겠지, 하고 그 이상은 깊이 생각하지 않았다.

우리는 리카가 한 살이 되자 어린이집에 보냈다. 육아휴직이 끝난 아내가 복직을 했기 때문이다. 아내는 비행을 나가면 며칠 혹은 일주일씩 집을 비우고는 했다. 그래서 그동안은 나 혼자 아이를 등하원시키고, 밥을 먹이고, 목욕을 시키고, 잠을 재웠다.

실제로 해보니 아이를 재우려면 육아서에 쓰여 있는 것보다 훨씬 더 오랜 시간이 필요한 것 같았다. 당시에는 책에 쓰여 있는 것보다 쉽지 않구나 하고 단순하게 생각했다. 하지만 잠드는 데 걸리는 시간도 일반적 수준에서 크게 벗어나는 것 같지는 않았다. 문제 같은 건 있을 리없다. 아내와 나는 각자의 일이 있고, 서로 도우며, 어여쁜 아이까지 있는 이상적인 가정을 만끽하고 있었다.

그리고 이 맑고 푸른 하늘과도 같은 행복 저편에, 폭풍을 품은 먹구름이 드리우기 시작했음을 먼저 알아챈 것은 나였다.


## 서서히 스며드는 불안감

어린이집 입학식 날이었다. 나는 뭔가 이상한 느낌을 받았다. 또래의 다른 아이들은 이미 초보적인 수준의 말을 하고 있었다. 그런 걸 흔히 옹알이라고 하는데 젖먹이나 유아들이 입속말처럼 하는, 말 이전의 말이다. 그런데 다른 친구들의 옹알이는 억양이나 발음이 이미 훌륭하게 말에 가까운 형태, 일본말처럼 들렸고 개중에는 '엄마'라고 발음하는 친구도 있었다. 그에 비해 리카의 옹알이는 아직 음소가 음절을 이루지 못한 것처럼 들렸으며 다른 아이들과는 질적으로 다른 것 같았다.

입학식에서 원장 선생님은 일 년 전에 들어온 선배 원아들을 교실 한쪽에 한 줄로 세웠다. 원장 선생님은 그 친구들 반대쪽으로 이동했고, 선배 원아들은 발로 마룻바닥을 구르면 앞으로 나가는 놀이기구에 올라탄 채 대기하고 있었다.

"자, 여러분, 이쪽으로 오세요."

원장 선생님의 신호가 떨어지자 선배 원아들은 일제히 마루를 구르며 자연스럽게 놀이기구를 운전하면서 원장 선생님 쪽으로 이동했다.

"와, 참 잘했어요!"

원장 선생님은 신입 원아들을 보며 말했다.

"여기 이 친구들도 일 년만 지나면 모두 이 정도로 성장한답니다."

손뼉치는 부모들의 표정은 희망과 기쁨으로 가득했다.

한 살 전후의 유아들은 성장 속도의 차이가 크다. '선생님이 부르면 그쪽으로 간다'는 간단한 지시 정도는 이해하는 아이가 있는가 하면, 그렇지 못한 아이도 있다. 아직 걷지 못하는 아이도 많다. 하지만 두 살이 되면 대부분은 지시 사항을 따를 수 있을 정도로 커뮤니케이션 능력을 습득하게 된다. 원장 선생님의 시연은 한 살에서 두 살 사이의 성장 과정을 명료하게 보여주는 일례였다.

하지만 그 광경을 본 나는 다른 부모들처럼 환한 표정으로 손뼉칠 수 없었고 왠지 종잡을 수 없는 심경이 되었다. 일 년 선배 유아들과 내 딸 사이에는, 개인적인 성장의 차이를 넘는, 뭔가 높은 벽이 있다는 느낌이 들었다.

'정말 우리 리카도 이렇게 할 수 있을까……'

그 후로 몇 달은 아무 일 없이 흘러갔다. 바쁜 일상 속에서 어린이집 입학식에서 느꼈던 불안은 서서히 잊혀갔다. 딸아이를 매일 등하원시키다 보면 다른 아이들도 눈에 들어온다. 대부분의 아이들은 우리 딸보다 언어 발달이 빠른 것 같았지만 개중에는 우리 아이와 비슷한 수준인 아이도 있었다. 그런 아이를 보면 우리 딸도 성장의 개인차 범위에 드는 것 같아 안심이 된다.

어느 날, 어린이집 선생님과 이야기를 나누던 중 딸아이보다 성장 속도가 느린 아이 얘기가 나왔다.

"그 친구는 다른 친구들보다 빨리 입학했어요."

"네? 같은 한 살에 입학한 게 아닌가요?"

"네, 아직 팔 개월이에요."

그 말을 듣는데 서늘한 느낌이 들었다. 리카는 한 살 반인데, 행동 발달은 팔 개월짜리 정도로밖에 보이지 않는 것이다.

뭔가가 잘못되고 있다.

"아이가 정말 순하네요."

우리는 베이비시터에게 이런 말을 점점 자주 듣게 되었다.

나와 아내는 둘 다 일을 했기 때문에 베이비시터를 자주 이용했다. 하지만 특정 인물이 아니라 필요할 때마다 파견회사를 통해 다양한 인물들을 소개받아 아이를 맡겼다. 그런데 집에 오는 사람마다 딸아이를 별로 손이 가지 않는 순한 아이라며 칭찬했다.

그전에도 리카는 여러 사람에게 '얌전하다'는 말을 많이 들었다. 전에는 그런 말을 들으면 기분이 좋았는데, 오는 베이비시터들마다 같은 소리를 하니 불안감이 커지기 시작했다. 다양한 아이를 돌보는 전문가의 눈으로 봐도 우리 딸이 유독 얌전한가? 하지만 내가 이런 불안감을 말로 표현하면 베이비시터들은 하나같이 웃으며 이렇게 답했다.

"칭찬하는 거예요! 제가 경험이 많은데 리카한테 이상한 점은 없답니다."

아무리 그래도 열 살짜리가 얌전하면 칭찬받을 일이지만 한 살짜리가 지나치게 얌전한 것은 뭔가……. 우리 부부는 딸아이를 얌전하게 키우기 위한 교육은 전혀 한 적이 없다. 그런데 리카는 장시간을 의자나 마룻바닥에 앉아 벽이나 천장의 한 지점을 응시할 때가 많아졌다.

"저기에 뭐가 있니?"라고 물어도 리카는 싱글싱글 웃기만 할 뿐 아무런 대답이 없다.

"전에는 장난도 많이 쳤던 거 같은데……." 나는 아내에게 불안한 마음을 고백했다.

"너무 심각하게 생각하지 말아요."

엄마 눈에도 이상한 점은 없나 보다. 내가 너무 예민한 걸까?

리카는 갈수록 밤에 잠을 자지 않았다. 얼마 전까지는 8시나 9시면 잠이 들었는데 지금은 그렇게 이른 시간에는 전혀 잘 생각을 하지 않는다. 시간이 갈수록 잠버릇은 점점 더 나빠졌다.

어린이집에서는 "등을 리드미컬하게 톡톡 두들겨주면 잠을 잘 잔다"고 조언해줬다. 그리고 그 말대로 한 시간이고 두 시간이고 해보았지만 전혀 잠잘 기색은 보이지 않았다.

불을 끄고 차광 커튼을 쳐서 완전한 암흑을 만들어도 잠드는 시간을 당길 수는 없었다.

어떻게든 빨리 재워야겠다는 생각에 8시만 되면 무조건 침실로 데려갔지만 리카가 잠드는 시간은 10시 이후였다. 11시가 넘을 때도 있었다. 리카의 흰자위는 어둠 속에서 유독 하얗게 빛났다. 침실에 몇 시간을 있어도 딸아이는 눈 감을 생각을 하지 않았다. 딸을 위해 이사 온 이 집이 점점 무서워졌다. 이 집의 무언가가 딸아이에게 나쁜 영향을 미치는 것 같았다.

어느 일요일 오후였다. 서재에서 일하던 나는 시간 가는 줄 모르고 있다가 리카를 혼자 내버려두었다는 사실을 깨닫고는 화들짝 놀랐다. 리카는 혼자 있는 걸 무척이나 싫어했다. 나나 아내 둘 중 하나만 안 보여도 큰 소리로 울었다. 걷기 시작한 뒤로는 화장실까지 따라와 응석을 부렸다. 안아주는 걸 좋아해 엄마 아빠가 아니더라도 어른이 다가오면 두 팔을 벌리고 달려가며 안아달라고 했다. 그런 응석받이를 방치해둔 것이다.

"이런!"

허둥지둥 거실로 나가 리카를 찾았다. 아이한테 엄청난 실수를 했다는 생각에 불안했다. 그런데 가만히 텔레비전을 보고 있던 리카한테서 운 흔적은 찾을 수 없었다. 처음에는 토라진 건가 싶었지만 부모의 부재를 불안해한 것 같지도 않았다. 아니, 불안해하지 않았다기보다는 무관심에 가까웠다. "아빠가 안아줄까"라고 말하며 손을 내밀어도 쳐다보지도 않았다. 처음 있는 일이었다.

리카의 시선을 따라가 보니 텔레비전을 보는 것도 아니었다. 리카의 시선이 머문 곳은 텔레비전 바로 옆에 놓인 꽃병이었다. 창을 통해 쏟아지는 햇빛으로 반짝이는 꽃병. 딸의 시선은 그 반짝임에 홀린 것처럼 고정되어 있었다.

## 퇴행

그 무렵에는, 잦은 비행으로 나보다 더 딸과 접촉할 시간이 없었던 아내도 아이의 상태에 불안을 느끼기 시작했다.

'괜찮을까요?'라고 묻는 아내에게 나는 '괜찮을 거야'라고 대답할 수밖에 없었다. 그 말을 가장 믿고 싶었던 건 나였다.

하지만 그 말을 믿을 수 없게 된 날이 왔다.

어린이집에 다니기 시작한 뒤로 딸아이는 아침에 등원할 때, 심하게 울며불며 나나 아내에게 필사적으로 매달렸다. 정도가 너무 심해서 선생님이 억지로 떼어놓아야 할 정도였다.

그리고 일이 끝난 저녁, 하원을 위해 어린이집에 가면 아빠의 모습을 보고 안도한 딸은 또 그 큰 소리로 울며 달려와 안겼다. 아침 이별과 저녁 재회, 그때마다 딸아이가 일그러진 얼굴로 우는 모습을 보면 불쌍하다는 생각도 들었지만 동시에 가슴이 먹먹할 정도로 사랑스러웠다.

이것이 그때까지의 일상이었다.

사태는 그날 아침 갑자기 악화되었다. 어린이집에 도착했는데 딸아이는 내 쪽은 쳐다도 보지 않고 울지도 않은 채 교실로 들어가버렸다.

"이따 올게." 나는 불안하면서도 밝은 목소리로 인사를 했지만 리카는 한 번도 돌아보지 않았다.

여덟 시간 후 저녁, 어린이집으로 딸을 데리러 갔다. 여느 때 같으면 리카는 울며 달려왔을 것이다. 그런데 교실 한구석에서 장난감 자동차를 가지고 놀던 리카는 일어날 생각을 하지 않았다. 노는 모습도 전과는 달랐다. 보통 자동차는 바퀴가 바닥에 닿은 상태에서 굴리며 노는 데 리카는 바퀴가 천장을 향하도록 쥐고 있었다. 그리고 겉으로 드러난 바퀴를 손으로 문지르고 있었다. 그 눈동자는 회전하는 바퀴에만 고정되어 있고 다른 모든 것은 시야에서 배제된 것 같았다. 리카는 교실 구석에서 혼자 그 이상한 놀이에 빠져 있었다.

리카가 있는 곳만, 그곳만 공기와 시간과 공간이 일그러진 것처럼 보였다. 주변은 하원 준비로 시끌벅적했다. 원아들은 소란스러웠고 선생님과 부모들의 대화가 오갔다.

하지만 딸아이가 있는 장소는 주변과 분리되어 조용했고 시간마저 정지한 듯한, 소리가 삼켜진 세상 같았다. 너무나 조용해서 아무도 그 공간을 눈치채지 못했다. 나는 리카, 하고 부르기를 순간 주저했다. 이름을 불러도 다른 차원의 장벽이 가로막고 있어 딸아이한테까지 목소리가 닿을 것 같지 않았다. 아니, 이건 다소 비과학적인 생각이다. 그런 말도 안 되는 일이 일어날 리 없다. 나는 아주 약간의 용기를 내서 딸의 이름을 불렀다.

"리카."

"……."

딸아이는 아무 소리도 안 들리는지 여전히 바퀴를 문지르며 놀고 있었다. 비과학적인 예감대로 목소리는 전혀 전달되지 않고 있었다.

나는 딸과 자동차 사이로 비집고 들어가 딸의 얼굴을 들여다봤다. 아빠의 얼굴을 보고도 리카는 표정에 아무 변화가 없었다. 정면에서 눈동자를 들여다봐도 그 눈동자에 아빠의 모습은 비치지 않는 것 같았다. 딸아이의 시야로 억지로 파고들어도 딸의 눈은 나를 보지 못했고 내 뒤로 몇 미터 떨어진 곳에 있는 무언가를 꿰뚫어보는 듯했다.

그날 이후 딸은 어린이집에서 내게 관심을 보이지 않았다. 엄마한테 도 마찬가지였다. 무관심했고, 무시했다. 불쾌감이나 항의에서 나오는 무시가 아니라 생리적으로 부모가 눈에 들어오지 않는 것 같았다.

집에서는 어린이집에서만큼 노골적인 무시는 하지 않았다. 집에서 는 눈에 띄는 사람이 엄마나 아빠 정도였으므로 딸아이도 우리를 쉽게 인식하는 것 같았다. 하지만 어린이집처럼 사람이 많고 어수선한 곳에 서는 엄마 아빠는 전혀, 라고 할 수 있을 정도로 알아보지 못했다.

"성장 과정에서는 흔히 있는 일이에요." 어린이집 선생님이 말했다.

하지만 도저히 그게 '흔히 있는 일'이라고는 생각되지 않았다. 그렇 게 사람을 잘 따르던 딸아이는 시간이 갈수록 사람에 대한 관심을 보 이지 않았다. 지금은 엄마 아빠에 대한 관심조차 사라졌다. 그건 단순 히 늦되다기보다는 전에는 할 수 있었던 걸 지금은 할 수 없게 된, 그런 느낌이었다. 늦된 거라면 언젠가는 따라잡을 것이다. 하지만 딸아이의 성장은 어느 시점부터인가 곡선 그래프가 하향 곡선을 그리기 시작한 것처럼 퇴행하고 있었다.

유아기에는 동생이 생기면 기저귀도 떼고 혼자 화장실에도 가던 아 이가 갑자기 옷에 실수하거나 자기도 젖병을 달라고 하는 등 퇴행 현 상을 보이기도 한다.

부모의 사랑을 독차지하던 자기보다 더 관심을 받는 존재가 나타났 을 때 종종 있는 일이라고 한다. 그런 퇴행은 일시적일 뿐이다. 언젠가는 형제자매라는 관계성을 이해하고 몸도 마음도 성장한다. 그렇다면 분명 '성장 과정'이라 할 수 있을 것이다.

하지만 딸아이의 퇴행은 그런 경우와는 달라 보였다. 성장이 퇴행하는 게 아니라 뭔가 알 수 없는 일반적인 경우와는 다른 방향으로, 지금껏 획득했던 능력을 조금씩, 게다가 확실하게 잃으며 잘못된 방향으로 나가고 있는 것 같았다.

인간이 아닌 다른 그 무엇으로.


## 〈식스 센스〉의 유령이 된 듯한 리카

그러던 어느 날, 집 복도에서 딸과 마주쳤다. 그런데 전혀 모르는 사람들끼리 좁은 길을 스쳐 지나는 것처럼 딸은 일말의 관심도 보이지 않고 내 옆을 스윽 빠져나갔다.

한 살 내지 두 살 된 자기 자식과 '스쳐 지나간다'는 것은 일반적으로는 있을 수 없는 일이다. 그 또래의 자식과 집 복도에서 마주친다면 분명 웃거나 안아주는 그런 커뮤니케이션이 발생할 것이다. 리카도 만 한 살까지는 그랬다.

딸아이의 눈에 내 모습이 포착된 적은 한 번도 없었다. 리카는 아빠뿐 아니라 엄마가 서 있어도 마치 가구나 그런 것처럼 무관심하게 그 옆을 스쳐 지나간다. 얼마 전에는 어린이집처럼 소란스러운 곳에서만 엄마 아빠를 인식하지 못하는 정도였는데, 지금은 집 같은 조용한 환경에서도 부모를 인식하지 못하고 있다.

영화 〈식스 센스〉에서는 주인공인 소아정신과 의사가 콜이라는 소년에게 비밀을 고백받는다. 자기 눈에는 유령이 보인다는 콜은 유령의 행동을 이렇게 설명한다.

"그들은 보고 싶은 것만 보고, 듣고 싶은 것만 듣는다."

지금의 리카는 콜이 말하는 유령과 같은 존재다. 자기가 보고 싶은 것 이외에는 눈에 들어오지 않고, 듣고 싶은 것 이외에는 귀에 들어오지 않는다. 리카는 육체를 현세에 둔 채 영적 세계 저편으로 가버린 듯했다. 역시 어떤 초자연적인 힘에 사로잡힌 건 아닐까.

이 집으로 이사를 온 게 잘못일까?

아니면…… 아니, 정말 모르겠다.

뭐가 뭔지 모르겠다. 머리가 어떻게 될 것만 같다.

그 후로 반년 정도 후, 리카의 이해할 수 없는 행동은 급속히 증가했다.

리카는 두 살이 넘었지만 아직 한 마디도 말을 한 적이 없다. 입에서 나오는 소리라고는 옹알이 정도뿐이다. 정확히 말하면 그건 옹알이라고 할 수도 없고, 끼이 — ㅅ, 하는 돌고래의 울음소리와 비슷한, 초음파 같은 괴성이었다.

혹시 병이나 장애는 아닐까? 나와 아내는 리카를 데리고 여러 병원을 전전했다.

하지만 가는 곳마다 "상태를 지켜봅시다"라는 말뿐이었다.

유명 대학병원에서 정밀 검사도 받았다. 전신마취를 하고 아이를 재운 다음 뇌파를 측정하고, MRI로 뇌 상태를 검사했다.

"아무 이상 없습니다." 대학 병원 의사는 이런 결과를 전했다. 그리고 역시 "상태를 지켜봅시다"라고 말했다.

"리카, 괜찮다고 하던가요?" 입원 검사가 끝나고 다시 어린이집에 가자 선생님이 물었다.

"이상은 없나 봐요. 의사도 포기한 것 같습니다." 나는 쓴웃음을 지으며 말했다.

"뭐, 성장 과정에서는 이런저런 염려되는 일들도 있어요. 조금 더 지켜보도록 하죠." 선생님이 말했다.

나는 낙담했다. 다들 상태를 지켜보자고만 할 뿐, 리카에게 일어나고 있는 현상이 대체 뭔지 답을 알고 있는 사람은 아무도 없었다. 원인도, 해결 방법도 알지 못했다.

많은 육아서를 펴낸 고명한 소아과 의사를 찾았다. 그는 다른 의사들과는 달리 '지켜봅시다'라고는 말하지 않았다. 그는 리카를 열심히 관찰하더니 "괜찮아요! 걱정하실 필요 전혀 없습니다"라고 확실히 장담했다.

그 말을 온전히 믿고 의지할 수 있다면 얼마나 좋을까? 내가 괜한 노파심에 이 병원 저 병원 전전하는 사람이라면 얼마나 다행일까?

수많은 아이를 상대해 온 육아 전문가들, 베이비시터, 보육사, 의사, 그리고 최신 뇌검사까지, 모두 딸아이에게 이상은 없다고 한다. 딸이 아니라 내가 이상한 걸까?

이제 리카와는 전혀 의사소통이 되지 않는다. 무슨 말을 해도 딸아이의 귀에는 아무 소리도 들리지 않는 것 같았다.

리카가 무슨 생각을 하고 있는지 알 길이 없다.

도구를 이용하는 법도 없었다. 밥을 먹을 때는 언제나 손으로 덥석 집었다.

위험을 감지하는 능력도 없어 갑자기 찻길로 뛰어들기도 했다. 하지만 손을 잡으려고 하면 덫에 걸린 야수처럼 거칠게 몸부림치며 저항하기 때문에 다른 사람들처럼 아이의 손을 잡고 거리를 걸을 수도 없었다. 때로는 개를 산책시키는 것처럼 등에 멜빵처럼 된 안전장치를 하고 외출을 했다.

눈을 맞추려 해도 불가능했다. 의도적으로 시선을 피하는 건 아니었다. 두 손으로 딸의 얼굴을 감싸고 억지로 눈을 맞추려 하면 그 순간, 딸의 눈동자는 같은 극을 만난 자석처럼 내 시선을 밀쳐내며 반대쪽으로 움직여 절대 맞출 수가 없었다.

딸의 눈에 닿을 정도로 가깝게 1센티미터 정도 거리에서 바라봐도 마찬가지였다. 시선을 맞추지 못하는 현상은 딸아이의 의도가 아니라 근육 차원에서 일어나고 있었다.

딸은 밤이든 낮이든 항상 뒤꿈치를 지면에서 수직 위치까지 들어 올린 극단적인 까치발로 걸어 다녔다. 그건 인간의 다리라기보다는 고양잇과나 산양의 뒷다리에 가까웠다. 다리 근육이 비정상적으로 단단했기 때문에 어른이 억지로 눌러도 뒤꿈치를 땅에 닿게 할 수는 없었다.

밤이면 척추가 부러지는 건 아닐까 싶을 정도로 심하게 등을 구부린 상태로 침대 위에서 10분 이상 점프를 했다. 괴로운 듯 이를 악물고 초음파 같은 고음의 괴성을 질러댔다.

어느 날, 너무 오랜 시간 괴성을 질러대길래 나는 고함을 질렀다.

"조용히 해!"

아무런 반응도 없었다. 그날, 나는 감정적이 되었다. 딸의 작은 귀에 입을 대고 있는 힘껏 소리를 질렀다.

"그만하라고!"

어른도 귀가 울릴 정도로 큰 소리였다. 하물며 아이의 연약한 고막은 파열될 수도 있을 텐데, 리카의 표정에는 변화가 없었다. 그런데 어떤 경우에는 멀리서 풍경 정도의 작은 금속성 소리만 들려도 꺄꺄 환호하며 달려갔다.

딸아이한테는 사람의 모습'만' 보이지 않고, 사람의 목소리'만' 들리지 않는 것이다.

오컬트 현상……. 당시 딸을 중심으로 일그러져 있던 생활을 표현해 보라고 한다면 이보다 더 정확한 단어는 없으리라. 의사도 처방을 내리지 못하고 부모도 손을 쓸 수가 없는데 상황은 점점 악화되고 있었다.

이건 그야말로 〈엑소시스트〉가 현실화된 것 같았다. 영화라면 자리에서 일어나 도망가면 될 것이다. 하지만 지금 내가 직면하고 있는 것은 영화가 아니라 현실이다. 이렇게 무서운데 아무도 도와주는 사람은 없고, 도망칠 길도 없다.

## 사과 농장에서의 추격

어느 가을날, 친척이 운영하는 나가노 지역 사과 농장에 딸아이를 데리고 갔다. 넓은 농장 한가운데서 리카는 내 손을 뿌리쳤다.

여느 때 같으면 얼른 리카의 손을 다시 잡았겠지만 그때는 끝없이 펼쳐진 사과나무 숲에서 무슨 위험이 있을까 싶어 내버려두었다. 리카는 달려갔다. 어차피 금방 지쳐 멈춰 서겠지. 딸은 나보다 2미터 정도 앞서서 달리고 있었다. 나는 기다리라고 장난으로 소리치며 뒤따라갔다.

하지만 그렇게 몇 분을 달리면서 나는 표정이 변해가는 걸 느꼈다.

친척의 농장을 지나 분명히 다른 품종의 사과가 재배되고 있는 다른 농장으로 들어섰는데도 리카는 단 한 번도 뒤돌아보지 않고, 단 한 번도 멈춰 서지 않고 곧장 앞으로 내달렸다.

추격은 그 농장을 지나 휴경지까지 이어졌다.

주변 풍경은 완전히 달라졌다.

한 방향으로 달려오기는 했지만 주변 풍경이 완전히 달라져 다시 돌아갈 수 있을지 걱정이 되기 시작했다. 불안해진 나는 전속력으로 리카를 따라잡아 꼭 안고는 왔던 길로 돌아왔다.

다시 친척이 운영하는 농장으로 돌아왔다. 아름다운 농장을 배경으로 그들의 모습이 보였다.

"아빠랑 놀러 갔다 왔니?"

친척들은 아무렇지도 않게 유쾌한 목소리로 물었다. "아이라 힘이

넘치는구나." 모두 딸아이를 보며 웃었다.

하지만 나는 웃을 수 없었다.

만약 내가 뒤따라가지 않았다면 리카는 뒤도 돌아보지 않고 곧장 앞으로, 앞으로 달려갔을 것이다. 사과 농장을 지나, 논밭을 지나, 도로를 지나, 결국에는 많은 차가 지나다니는 간선도로로 뛰어들었을 것이다. 그리고…….

"이대로 두면 리카는 분명 사고를 일으킬 거야. 어쩌면 좋지."

그날은 종일 바늘로 얼굴을 콕콕 쑤시는 것 같았다. 한밤중에 화장실에 들어가 거울을 보니 창백한 얼굴이 있었다. 그 심각한 표정에 소름이 돋으며 얼굴에서 점점 더 핏기가 사라졌다.

이제는 무슨 일을 저지를지 예측할 수 없는 딸한데서 24시간 눈을 뗄 수가 없게 되었다.

나는 한밤중에 거울에 비친, 낯설고 기분 나쁜 자신의 얼굴을 향해 말했다.

"내 딸의 몸속에 악마가 있는 거니? 그렇다면 제발 데려가 줘. 나의 가장 소중한 걸 줄게. 리카와 손잡고 조용히 걸어보고 싶어. 엄마, 아빠. 한 마디라도 좋으니 딸아이의 목소리를 듣고 싶어. 그거면 돼……."

한밤중의 어두운 화장실에서 거울과 이야기하는, 낯설고도 기묘한 나 자신의 모습에 등줄기가 다시 오싹해졌다.

## "부모의 사랑이 부족합니다"라는 충고

딸아이가 태어났을 때, 우리 부부는 여러 나라의 말을 가르치고 최고의 교육을 시키겠다는 꿈에 부풀어 있었지만 딸은 여러 나라 말은커녕 일본말조차 모른다. 단어 하나라도 이해할 수 있을까.

그런 아이한테 어떤 교육을 시켜야 하나. 도무지 방법을 모르겠다. 딸과의 커뮤니케이션 수단은 아무것도 없었다. 사람의 모습은 보이지도, 들리지도 않는 것처럼 행동하는 리카를 돌보느라 나도, 아내도 점점 닳아 없어지는 것 같았다.

나는 업무 중에도 몇 번이나 발작적으로 잠에 빠질 것 같은 위기감을 느꼈다.

"이것 좀 봐."

동료 직원이 새로운 PR 계획서를 가져왔다.

"귀찮아!"

나는 느닷없이 소리를 질렀다. 동료는 멍한 표정으로 나를 바라봤다. 나는 갑자기 솟구쳐 오른 원인불명의 발작적 분노에 손이 떨렸다.

"내가 일을 그만둘까요?"

아내가 이렇게 제안했지만 나는 반대했다.

"그럴 필요는 없어요."

나는 이렇게 말하며 장시간 집을 비워야 하는 아내의 직업을 계속 유지하도록 했다. 아내가 가사와 육아를 더 분담해준다면 분명 지금보다는 편해질 것이다. 그럼에도 아내가 일을 계속하기를 바랐던 데는 이유가 있었다.

"엄마가 일을 하니까 그런 일이 생기는 거예요. 엄마의 사랑이 부족하면 아이들은 제대로 성장하지 못해요. 지금이라도 일을 그만두면 리카도 분명 평범한 아이로 돌아올 겁니다."

흔한 일이지만, 이런 분별없는 조언은 전혀 모르는 사람이 아닌 가까운 친구한테 듣게 된다.

어린 나이에 엄마와 헤어진 나는 아버지와 누나의 손에 컸다. 어린이의 성장에 엄마라는 존재가 필수적이라면 나처럼 엄마를 모르고 자란 사람은 뭐란 말인가. 그런 조언은 나의 성장 과정을 부정하는 것인 동시에 현재, 가사와 이미 24시간 곁에서 돌봐주는 육아를 하고 있는 나 자신에 대한 이중부정이었다.

분명 마음의 여유가 있다면 어떤 말을 들어도 '그렇군요'라며 가볍게 흘려들을 수 있었을 것이다. 하지만 내게는 더 이상 여유가 없었다.

"부모의 사랑이 부족하다"는 말을 듣지나 않을까 나 자신도 예민해지기 시작했다. 리카의 상태가 이상해진 것이 혹시 내 탓은 아닐까 싶은 생각이 머릿속에서 떠나지를 않았다. 이렇게 된 게 내가 아이를 키웠기 때문이 아닐까 하는 죄책감에서 도망치기란 쉽지 않았다.

매일 자신을 책망했다. 하지만 나를 아무리 탓해도 답은 얻을 수 없었다.

어느 날, 오랜만에 누나에게 전화가 왔다. 나는 어릴 적부터 누나가 무척이나 좋았다. 그런 누나한테 걱정을 끼치고 싶지 않아 딸의 상태에 대해서는 아무 말도 하지 않아 왔다. 그런데 그날 모든 것을 말해버렸다.

누나라면 내가 깨닫지 못한 해결 방법이나 적절한 충고를 해줄 것
같았다. 누나는 전업주부로서 손이 많이 가는 두 아들을 완벽하게 키워
냈다. 언젠가부터 나는 우리 가족에 대해 남한테 말하지 않게 되었다.
리카의 이상에 대해 진지하게 생각하지도 않으면서 오히려 나나 아내
한테 문제가 있는 건 아니냐고 되묻는 상황에, 이제는 지쳐 있었다. 남
들한테는 하지 못한 이야기들을 하면서 나는 마음이 가벼워지고 있었
다. 왜 좀 더 일찍 누나한테 이야기하지 않았을까?

누나는 가만히 내 이야기를 들어주었다.

그러더니 갑자기 화를 내며 숨도 쉬지 않고 말을 쏟아냈다.

"맞벌이를 하니까 이런 일이 생기는 거야. 일하는 엄마를 둔 아이가
얼마나 불쌍한 줄 아니? 부모의 사랑이 부족한 거라고."

무슨 말을 할 수 있을까? 세상에 유일하게 남은 혈육, 내가 가장 사
랑하는 사람에게 배신을 당했다. 증오가 온몸을 타고 돌며 아드레날린
의 급격한 분비로 심장이 고동쳤다.

"어, 어떻게 그런 심한 말을 할 수가 있어!"

분노에 찬 목소리로 소리쳤다.

그 순간, 수화기 너머로 뚜-뚜-뚜- 하는 소리가 들렸다. 일방적으
로 전화를 끊은 것이다. 어찌할 바 모를 분노가 치밀어올라 그 자리에
서 수화기를 꺾어버리고 싶었다. 벽에다 수화기를 내던졌다. 기분은 조
금도 풀리지 않았다. 이 억울한 마음은 도저히 풀릴 것 같지가 않았다.

'이젠 아무도 믿지 않겠어. 솔직히 말한 내가 바보야!'

그 후로 나는 마음의 문을 꼭꼭 닫았다. 분노는 사람을 점점 멀리하

게 했다.

이 세상은 정글이다. 도와주는 사람은 아무도 없다. 모두가 적이다!

아이를 데리고 외출해보면 세상이 결코 아이 딸린 부모에게 친절하지 않다는 걸 느끼게 된다. 길을 가로막고 있는 방치된 자전거, 거리에서 담배 피우는 사람들. 유모차를 끌고 만원 버스나 전철을 이용할 때면 피해 의식은 점점 커진다.

비뚤어진 마음은 현실을 보는 눈을 탁하게 만든다. 나는 현실을 외면하라는 유혹에 쉽게 넘어갔다. 리카는 그저 발육 속도가 느릴 뿐 문제는 없다. 흔히 있는 일이니 괜찮을 거야.

나는 보통의 아버지들 이상으로 가사와 육아에 많은 시간과 에너지를 쏟아왔다. 그런데 내 아이가 더 잘 자라기는커녕 비정상이라고? 노력에 대한 보상이 없다는 건 불합리하지 않은가. 바로 얼마 전까지 어려움에 처한 친구에게 노력이 부족한 거라고 쏘아붙였던 나다. 그 말은 지금 날카로운 부메랑이 되어 나를 향해 날아오고 있었다.

"빨리 3년만 지났으면. 다섯 살쯤이면 분명, 그때는 무슨 대단한 장애라도 있는 줄 알고 가슴 졸였다며 웃으면서 말할 수 있을 거야."

자꾸만 자신을 이런 말로 세뇌했다. 그리고 실제 입으로 소리 내어 말하기도 했다.

나는 궁지에 몰리고 있었다. 나는 티끌만큼도 딸아이를 '비정상'이라고 인정할 수 없었다. 분명 언젠가 정상으로 돌아올 거라고 믿으려 했다. 그리고 내겐 내 딸이 '정상'이라는 분명한 근거도 있었다.

나는 근심에 싸여 있는 아내에게 말했다.

"리카의 눈을 좀 봐. 이렇게 아름다운 눈을 가진 아이한테 장애가 있을 리 없잖아? 정말 영리해 보이지 않아? 그렇지?"

"정말 그렇군요." 아내도 내 말에 고개를 끄덕였다. 그리고 우리는 항상 이렇게 말했다.

"이렇게 아름다운 눈을 가진 아이한테 장애가 있을 리 없지."

리카는 지적이고, 반짝반짝 빛나는 보석이나 유리구슬 같은 아름다운 눈동자를 가지고 있었다. 수많은 아이들이 모인 어린이집에서도 이렇게 아름다운 눈을 가진 아이는 없었다.

그런데…… 이 아름다운 눈을 어디선가 본 듯했다.

언제 어디서, 였을까?

4장
진실의 문

이미 현실을 있는 그대로 보는 눈을 잃어버린 나는 내가 보고 싶은 것만 보고, 듣고 싶은 것만 듣고 있었다.

이제는 나도 유령 무리에 속하게 된 것이다.

리카는 분명 이상한 부분이 있다. 하지만 그건 분명 단순한 발달상의 개인차일 뿐, 병이나 장애가 아니다——. 현실을 외면하고 자기가 믿고 싶은 것만 믿게 되면 마음은 점점 병이 든다.

바로 얼마 전까지는 소아과 의사들이 "상태를 지켜봅시다"라고 말하며 원인이나 해결책을 제시하지 않는 데 대해 분노마저 느꼈었다.

그런데 지금은 상태를 지켜보자는 그 말이 의지가 된다.

상태를 지켜보고만 있으면 어떻게든 될 것이다. 다른 건 보고 싶지 않아, 듣고 싶지 않아.

'어? 전에도 이렇게 현실을 부정한 적이 있는 것 같은데? 그건······.'

# 까치발로 걷는 아이

20대가 끝나갈 무렵, 기자 생활을 하던 나는 홋카이도 지국에 있었다. 기자라는 직업은 24시간 중 20시간을 일하는 직종이다 보니 마음대로 쉴 수도 없다. 그럴 때, 1천 킬로미터 떨어진 고향에서는 아버지와 할머니 모두 중병에 걸려 그 둘에게 남은 시간은 고작 몇 달에 불과한 상황이었다. 누나 외에는 그 두 사람이 내 마지막 혈육이었다.

"다들 바쁘니까……. 알지?" 상사는 고향에 가기 위해 휴가를 내는 건 어림도 없다는 듯 이렇게 말하고는 했다.

"마지막 순간까지 쉬지 않을 겁니다." 나는 이렇게 대꾸했다.

그 상사는 분명 자기가 그런 압력을 행사했는지조차 기억하지 못할 것이다. 피해자는 절대 상처를 잊지 못하지만 가해자는 자신의 행동을 쉽게 잊는다. 하지만 내게 그 상사를 원망할 자격은 없다. 왜냐하면 그 정도 위압에 쉽게 굴복한 건 현실에서 멀어지고 싶었기 때문이니까.

다른 사람이 아닌 바로 내가 원했던 일이니까…….

내가 가족의 위기를 못 본 척하고 있는 사이, 그들을 돌본 건 누나였다. 아버지의 임종이 일주일 정도 남은 시점에서 나는 할 수 없이 고향을 찾았다.

누나는 아버지의 상황을 알면서 어쩌면 이럴 수 있느냐고 나를 질책했다. 할 말이 없었다. 간암으로 임종을 앞둔 아버지는 샛노란 눈으로 웃으며 나를 맞아주었다. 내가 와보지 못한 것에 대해 "많이 바쁘지? 나는 신경 쓰지 말거라"라며 쉽게 용서해주었다. 하지만 나는 아버지를 용서하지 않았다. 사소한 일로 병실에서 말다툼이 시작되었다. 나는 기회를 놓치지 않고 말했다.

"이 치료비는 누가 대는 줄 알아?"

"적당히 좀 해!" 누나도 언성을 높였다.

"나는 이 사람한테 귀에 못이 박이도록 이런 말을 듣고 자랐어. 내가 뭘 잘못했는데! 자업자득이라고!" 나는 고함을 질렀다. 하지만 말하는 도중 내 의사와는 관계없이 눈물이 쏟아졌다. 나는 분함을 이기지 못하고 병실 밖으로 뛰쳐나왔다.

기자 출신인 나는 맘만 먹으면 아버지가 앓고 있는 병에 대한 새로운 의료 정보를 얻을 수 있었을 것이다. 하지만 나는 그조차도 하지 않았다. 알고 나면 그게 현실임을 인정하지 않을 수 없을 테니까. 나는 현실에서 도망치고 싶었다. 도망칠 수만 있다면 그건 더 이상 현실이 아닐 수 있다고 생각했는지도 모른다.

하지만 현실은 가차 없이 들이닥쳤다. 시간은 눈 깜짝할 사이에 흘러 아버지도, 할머니도 저세상 사람이 되고 말았다. 기자직을 그만둔 데는 그때의 죄책감이 컸다.

'이번엔 어떡하지?' 마음속에서 또 하나의 내가 물었다. '이번에도 도망칠 거니?'

"아니, 이번에는 도망치지 않을 거야!"


가장 심하게 눈에 띈 것은 딸아이의 '까치발' 걸음이었다. 깨어 있을 때는 백 퍼센트, 발뒤꿈치가 수직으로 들려 있다. 신발은 발가락 부분만 닳아 구멍이 뚫렸다. 왜 그런 걸까?

지금까지는 굳이 정보를 찾으려 하지 않았다. 알고 싶지 않은 것을 알게 되는 게 두려웠기 때문이리라. 나는 인터넷에서 '까치발'을 검색했다. 유아의 까치발은 부모들의 큰 고민거리인 듯 많은 결과가 검색되었다. 몇몇 페이지를 열어보니 내용은 어디선가 많이 들어본 듯한 "상태를 지켜봅시다" "언젠가 괜찮아지니 안심하십시오" 같은 것들이었다.

조사는 여기서 중단할 수도 있다. 하지만 문제 해결을 미루기에는 이미 한계에 달해 있었다. 나는 검색어를 바꿔가며 까치발에 대해 조사하기 시작했다.


## 자폐증은 마음의 병?

'까치발은 자폐증의 특징'이라는 검색 결과가 나왔다. 나는 안심이 되었다.

"뭐야, 자폐증이라고? 다행이네. 아무로 레이 같은 자폐증 말이지."

아무로 레이는 1979년에 방영되기 시작한 일본의 대표적인 애니메이션 〈기동전사 건담〉 초기 시리즈의 주인공이다. 인류가 스페이스 콜로니에 살기 시작한 지 몇십 년이 지난 어느 날, 일부 우주 이민자들이 지온 공화국을 수립한 뒤, 지구에 거주하는 인류를 중심으로 한 지구연방정부에 독립전쟁을 선포한다는 이야기다. 아무로는 지구연방정부의 신형 무기인 건담을 조종하는 소년병이다.

이전까지 모든 애니메이션 주인공들이 '정의를 불태우는 열혈 소년'이었던 데 반해, 아무로는 로봇 애니메이션 사상 최초로 내향적인 성격을 지닌 주인공이었다. 아무로는 기계 조작을 좋아해 친구가 적고, 손톱을 깨무는 버릇이 있는 비사교적인 성격이었다.

애니메이션 잡지 등에서는 그의 성격을 두고 '자폐적'이라고 설명했다. 명확하게 '자폐증 소년'이라고 한 적도 있었다.

세계적인 영상 작가 오시이 마모루押井守의 《기동경찰 패트레이버》(1988)의 어떤 일화에는 경찰청 소속 주인공들이 로봇형 작업 기계를 제대로 조종하지 못해 대장에게 질책받는 장면이 나온다.

"너희는 지방 공무원이야. 이건 자폐아나 불량소년이 주인공으로 나오는 로봇 만화영화가 아니라고."

그 '자폐아가 주인공인 로봇 만화영화'란 건담을 말한다. 내향적인 성격, 이것이 자폐증에 대한 당시의 (아니 어쩌면 지금도!) 일반적인 생각이었다.

자폐증이라는 말에서 연상되는 단어로는 아무로 외에도 '내성적' '우울증' '은둔형 외톨이' '마음의 병' '니트족' '소심' 같은 단어들이 있다. 치명적인 위험성은 느껴지지 않는 단어들. 자폐증이라면 그건 마음의 병이고, 부모가 외향적인 성격으로 유도해주면 아무런 문제도 없지 않을까.

'자폐증이라니 다행이다. 더 심각한 병인 줄 알고 걱정했는데…….'

안심이 된 나는 자폐증에 대해 더 자세히 조사해보기로 했다.

그리고 감전이라도 된 듯 전율했다.

## 자폐증이라는 현실을 직시하기

자폐증은 마음의 병이 아니라 뇌의 기능장애였다. 대단히 심각한 장애의 일종이며 75퍼센트의 확률로 지적장애가 발생한다……. 지적장애를 동반하지 않는 자폐증도 있는데 그것은 아스퍼거증후군 혹은 고기능 자폐증이라 불리고 있었다.

원인 불명. 세 살 이전에 발병하며 시선 맞추기나 표정에 문제가 있다. 시선을 맞추지 못하기 때문에 상대방의 마음을 읽지 못한다. 커뮤니케이션에 중대한 장애가 있으며 사회적으로 자립하기가 극도로 어렵다.

또한 환자 대다수는 언어 발달이 늦거나 전혀 발달하지 않는다. 평생 말을 이해하지 못하고, 말을 하지 못하는 자폐증 환자도 상당히 많다.

그때 기자 시절의 일이 떠올랐다. 일본에서는 부모 자식이 동반 자살하는 경우가 종종 있다. 그리고 그 원인으로는 자녀의 장애에 대한 절망이 상당수를 차지하는데, 경찰 발표를 보면 가끔 '아이가 말을 하지 못한다' '의사소통이 안 된다' '잠깐만 눈을 떼도 찻길로 뛰어든다' 같은 이유도 있었다.

이건 완전히 자폐증의 특징 아닌가.

동반 자살의 원인이 될 정도로 중대한 질병. 그것이 자폐증이었다. 게다가 현대 의학으로도 치료할 수 없는 병. 정신과 치료나 시설에서 훈련을 받아도 대부분은 좋아지지 않는다고 한다.

아무로 레이 같은 성격을 자폐증이라고 보는 인식은 말도 되지 않는 착각이었다. 은둔형 외톨이나 우울증과도 무관했다. 마음의 병도 아니다. 자폐증은 유아기에 발병하는 뇌와 신경에 관한 중대한 질병일 뿐이었다. 알면 알수록 심각하고 절망적인 병이었다.

"하지만 우리 딸은 증상만 비슷한 걸 거야. 자폐증이라니 말도 안 돼."

그렇게 믿고 싶었다. 꼭 그래야 한다. 내 딸이 자폐증이라니, 그건 너무하지 않은가. 아직 가능성의 단계다. 어쩌면…… 아니 절대로 내 딸이 자폐증이어서는 안 된다. 현실에서 도망치지 않겠다고 결심했건만 나는 이미 현실을 외면하고 싶어졌다.

아무리 자명한 사실이라도 반대 증거는 항상 존재한다.

하나는 자폐증 환자의 남녀 비율이었다. 이유는 알 수 없지만 자폐증은 남자가 압도적으로 많다. 미국 질병통제예방센터의 최신 자료에 따르면 자폐증 발병 수는 남아가 여아보다 다섯 배나 많다. 자폐증은 남자들이나 앓는 병이다. 리카는 여자니까, 분명 자폐증이 아닐 것이다.

또 다른 가능성은 단지 말이 늦될 뿐, 언젠가는 따라잡을 거라는 희망적 관측이다.

"쟤는 세 살까지 말을 못했대. 아니, 다섯 살까지 그랬다나 봐. 그런데 어느 날 갑자기 말문이 트이더니 지금은 그렇게 말을 잘한대" 하는 얘기를 가끔 들은 적이 있다. 아인슈타인도 다섯 살까지 말을 하지 못했다. 우리 딸도 분명 어느 날 갑자기 말문이 트일 것이다.

하지만 딸아이가 어린이집에 처음 간 날 느꼈던 위화감을 생각하면 그런 낙관적인 얘기와는 분위기가 다른 것 같기도 하다. 리카는 단순히 말을 못한다기보다는 커뮤니케이션 자체가 안 된다. 아직 말을 못하는 다른 아이들은 옹알이도 말의 형태를 갖추고 있고, 무엇보다 엄마 아빠나 선생님이 부르는 소리에 뒤를 돌아보거나 지시에 따르고 있었다. '아직' 말을 못하는 것뿐이지 아이들은 대부분의 말을 이해하고 있다.

리카와 다른 아이들 사이에는 넘을 수 없는 벽이 있었다.


## 리카는 자폐증이다!

리카가 자폐증일 리가 없다. 그렇게 심각한 병에 걸렸을 리가 없다.

아무리 부정하려 해도 내 머릿속에서는 '자폐증'이라는 단어가 둥 – 둥 – 북소리처럼 울리며 메아리치고 있었다. 자폐증이라니, 그런 말은 듣고 싶지도, 보고 싶지도 않았다. 하지만 문득 정신이 들고 보면 무의식 중에 자폐증이라는 단어에 이끌려가고 있었다.

자폐증을 영어로는 autism이라고 한다. 나는 그 단어를 소리 내어 읽어봤다.

autism. 오-티즘…….

그 순간이었다. 갑자기 20년도 더 된 초등학교 때의 기억이 섬광처럼 번뜩인 것은.

도야마와는 초등학교 내내 여러 번 같은 반이 되었다. 그는 상당히 아름다운 소년이었다. 하지만 말을 전혀 하지 못했다. 언제나 괴성을 지르며 깡총거리듯 걸었다. 쉼 없이 손가락을 팔랑거리며 온종일 그걸 바라봤다. 평소에는 자기 손가락의 움직임을 보며 얌전히 있다가 가끔 공황 상태에 빠지면 주먹으로 자기 머리를 때리고는 했다.

사람들은 도야마가 병이라고 했다. 나는 그게 무슨 병인지 선생님께 여쭤본 적이 있었다. 선생님은 분명, 오움병이라고 했다.

……오움병? 분명 오움병이라고 했던가?

기억을 더듬어보니, 뭔가 다른 단어였던 것 같기도 하다. 그때, 나는 나도 모르게 이렇게 중얼거리고 있었다.

'오-티즘(autism)…….'

오움병과 오-티즘은 어감이 비슷하다는 사실을 깨달았다. 어쩌면 선생님이 오-티즘이라 발음한 것을 내가 오움병으로 잘못 알아들은 건지도 모른다. 그럴 가능성도 있지 않을까? 아니, 이건 그냥 우연히 발음만 비슷한 걸지도 몰라. 하지만 그 기억은 또 하나의, 내 기억 저편에서 어떤 장면을 끌어냈다.

학급 임원이었던 어느 해인가, 동물원으로 소풍을 가면서 담임 선생님은 내게 그날 하루는 도야마를 좀 책임져달라고 부탁했다. 선생님은 내 손목과 도야마의 손목을 준비해 온 끈으로 묶었다.

"오늘은 이 끈을 풀면 안 된다."

어쩌다가 그때는 학급 임원이 되었지만, 나는 초등학교 시절 내내 담임에게 문제아 취급을 받았다. 선생님은 난 너도 조금은 싫다는 말투로 도야마를 지킬 것을 명령했던 것 같다. 아무리 당시 지적장애 아동에 대한 인식이 낮았다 해도 장애아를 다른 아이와 끈으로 묶는다는 건 지나친 처사다. 아마 도야마도 그런 취급은 처음 받아봤을 것이다. 말은 하지 못했지만 그 역시 자기 손을 묶고 있는 끈을 보며 난처해하는 모습이었다.

그날은 아침부터 밤까지 종일 동물원에서 도야마와 지냈다. 그는 가끔 괴성을 질러 다른 손님들을 놀라게 하거나, 끈을 풀고 아무 데로나 달려가려 해서 나를 곤란하게 했지만 생각했던 것만큼 싫지는 않았다.

우연히 눈에 띈 동물을 바라보는 그의 모습은 평온하다고 할까. 마음이 치유되는 듯 차분했고, 긴 눈썹 아래에 감춰진 반짝이는 눈은 사람을 끄는 묘한 뭔가가 있었다.

그의 눈은 아름다웠다.

마치 투명한 보석처럼……

그 순간, 마지막 퍼즐 조각이 맞춰졌다.

지금은 분명히 기억이 났다.

리카처럼 아름다운 눈을 가진 주인공은, 말을 하지 못하고 괴성만 질러대던, 아마도 자폐증을 앓았을 내 동창 도야마였던 것이다.

리카와 도야마의 눈은 소름 끼칠 정도로 닮았다.

리카는 자폐증이었다!

5장

# 자폐증은 반드시 낫는다?

미국 정신과의학회의 분류 기준에는 자폐증의 3대 특징이 있는데 세 살 이전부터 '말' '대인관계' '행동'에 장애가 나타난다고 한다.

예를 들어, 시선을 맞추지 못하고 친구를 사귀지 못하며, 사람한테 다가가 같이 놀지 않는다. 언어 발달이 늦거나 전혀 말을 하지 않는다. 말을 하더라도 먼저 말을 걸거나 대화를 이어가지 못한다. 흉내 내기 놀이나 숨바꼭질을 하지 않는다 등이다.

"이건…… 리카 얘기다."

앞으로 어떡해야 한단 말인가.


## 아동정신과 상담을 권유받다

전부터 알고 지내던 의사 니시무라의 정원에서 바비큐 파티를 하던 날이었다. 그는 미국 유수의 의과대학인 UCLA(캘리포니아대학교 로스앤 젤레스캠퍼스) 메디컬 센터를 거쳐 일본의 한 종합병원 정신과에 근무하고 있었다. 나는 그 자리에 리카를 데려갔다. 리카는 여전히 극단적인 까치발로 종종걸음 치듯 넓은 잔디밭 위를 돌아다니고 있었다.

나는 정원 구석에 있는 대형 그릴 앞에서 니시무라와 이야기를 나눴다.

"의사들은 하나같이 좀 더 상태를 지켜보자고만 해요. 하지만 나는 리카가 무슨 병인지 알 것 같아요. 앞으로 뭘 어떻게 해야 할지 알 수는 없지만……." 나는 자조 섞인 목소리로 말했다.

"나는 정신과의로서 '친구나 아는 사람은 진찰하지 않는다'는 원칙을 가지고 있어요. 게다가 정식으로 리카를 진찰한 것도 아니라 해줄 말이 없네요."

"그렇군요."

"하지만 분명 소아과 의사들은 상태를 지켜보자고 하는 경향이 있죠. 그리고 괜찮다는 말도 자주 하고요."

"분명히 괜찮다는 얘기도 들었어요. 그것도 육아서를 열 권 이상이나 출간한 선생님한테서요."

"이건 어디까지나 제 의견입니다. 모든 소아과 의사가 그렇다는 건 아니고요. 소아과 의사는 성장곡선만 공부하나 싶을 때도 있어요. 환자마다 개인차가 있기는 하지만 대개는 성장곡선 범위 안에 있으니까 두고 보자고 말하는 경향이 있는 것 같아요."

니시무라의 말은 계속됐다. "정신과 진단 기준을 아나요? 뭐, 내과 진단 기준하고 같지만."

모른다는 내 말에 니시무라는 설명을 시작했다.

"특히 정신과 의사는 '가능했던 게 불가능해지는 것', 그로 인해 '사회생활이 불가능해지는 것'에 민감하게 반응하도록 훈련되어 있어요. 사회생활에는 가정생활도 포함되죠. 예를 들어 환자가 고령자라 건망증이 심해진다거나 멀쩡히 잘 해오던 일을 하지 못해 가정생활에 지장을 초래한다면 정신과 의사들은 인지 장애(치매)를 의심합니다."

"멀쩡히 하던 일을 못 한다……. 사회생활을 할 수 없다……. 이건 완전히 우리 딸 얘기로군요. 혹시 지금 소아과가 아닌 정신과를 권유하시는 건가요?"

"네. 도쿄에는 아동정신과 전문의가 몇 분 있어요. 한번 상담해보는 게 어떨까 싶군요."

그는 이 말을 해주려고 나를 파티에 초대했던 것이다.


## 정신과 후진국 일본

당시의 신문 보도에 따르면 일본은 자폐증 등 발달 장애 아동을 진단할 수 있는 아동정신과 의사가 극히 부족한 상태이며, 전국적으로 이삼백 명 정도에 불과하다고 했다. 의사 수는 스웨덴이나 스위스가 아동 10만 명당 13명인 데 반해 일본은 0.35명에 불과하다.

전체적인 숫자만 적은 게 아니라 전문적으로 정신과 교육을 받은 아동정신과 의사는 그 절반 정도에 불과할지도 모른다. 일본의 의사 면허는 전지전능하여 국가시험에 통과하기만 하면 원하는 진료과를 선택할 수 있다. 예를 들어 그 진료과에 대한 전문적인 교육이나 훈련을 받지 않았고 치료 경험이 없더라도, 의사 면허만 있으면 외과든 정신과든 소아과든 정형외과든 원하는 분야의 의사 노릇을 할 수 있다. 아마 일본의 아동정신과의 중에는 소아과 등 정신과를 공부하지 않은 의사도 상당수 포함되어 있을 것이다.

지금까지 나는 일본에 세계 최고의 의사들이 포진해 있다고 생각해왔다. 하지만 그건 큰 오산일지도 모른다. 정신과에 한해서는 선진국 가운데 가장 후진적일 나라일 수도 있겠다는 생각이 들었다.

다행히 도쿄에는 몇 명의 아동정신과의가 있었다. 우리 부부는 딸아이를 데리고 지적장애 아동 진료 경험이 많은 한 의료기관을 방문했다. 이제 상태를 지켜보자는 식의 안일한 처방과는 안녕이다.

우리는 도착하자마자 지적장애 정도를 알아보는 진단 테스트를 받았다. 내용은 단순했다. 빨강이나 파랑, 노랑 공을 일렬로 늘어놓고 의사가 "어떤 게 빨간색이니?" 하고 물은 뒤 반응을 지켜보는 식이었다.

리카는 아직 말을 하지 못한다. 하지만 "어떤 게 빨간색이니?"라는 질문에 순간적으로 반응하며 눈을 움직였다. 훌륭한 성과였다. 평소 같으면 귀에 대고 소리를 질러도 표정 하나 바뀌지 않던 아이가 오늘 테스트에서는 의사의 질문에 미약하지만 반응을 보이고 있었다.

"리카, 잘했어! 역시 자폐증이 아니었어."

그건, 느닷없이 용솟음친 불합리한 생각이었다.

자폐증 테스트를 받으러 왔다는 사실이 정말 바보처럼 느껴졌다. 지금까지 내 딸이 자폐증일 거라고 혼자 착각하고 있었던 건 아닐까?

조금 전까지 한시라도 빨리 딸아이의 진단명을 들어야겠다, 자폐증이라는 말을 들어야겠다고 생각했는데 지금은 나 자신이 바보 같고 큰 잘못을 저지르고 있는 것 같은 기분이 들었다.

이따위 진찰은 당장 그만두고 어서 집으로 가자.


## 치료법은 없습니다

"죄송합니다. 제가 과민 반응을 한 것 같군요. 딸아이는 정상인 거죠? 이만 가봐야겠군요. 시간 내주셔서 감사했습니다."

이렇게 말하고 자리에서 일어나 당장 이곳을 떠야 한다. 의사도 나와 같은 생각이겠지. 나는 의사의 표정을 살폈다. 의사는 심각한 얼굴로 나를 봤다. 그 표정에서 나는 내가 착각하고 있음을 깨달았다.

어쩌지! 나는 아직 '그 말'을 들을 준비가 안 됐는데…….

의사가 입을 열려 하고 있었다. 그는 뭔가 중대한 말을 하려는 중이다.

하지 마! 그건 아냐. 난 지금 집에 갈 거니까 아무 말도 하지 말라고!

나는 이렇게 외치고 싶었다. 그런데 몸이 말을 듣지 않았다. 시간의 흐름이 부자연스럽게 느려지고 있었다.

"따님은 색에 대한 개념이 없습니다. 색에 빨강이나 파랑 같은 차이가 있다는 것도 인식하지 못하고 있어요."

이제 그만! 더 이상 아무 말도 듣고 싶지 않다고.

"말을 못하기도 하지만, 말에 대한 개념 자체가 없습니다."

정말 그만하세요! 제발 부탁입니다!

나는 속으로 의사에게 애원했다. 여기 오면서 각오는 했지만 지금 '그 말'을 들을 수는 없다. 그 말을 들어버린다면 나 자신조차 지킬 수 없을 것 같았다.

하지만 결국, 의사는 '그 말'을 하고야 말았다.

"자폐증으로 판단됩니다."

순간, 시간이 멈췄다.

'기어이…….'

내 입으로 말하는 것과 다른 사람에게서 듣는 것은, 말의 위력이 전혀 달랐다. 마치 권투선수한테 머리라도 얻어맞은 듯한 충격과 함께 귀가 울렸다. 의식이 혼탁해지면서 갑자기 피곤이 몰려왔다. 할 수만 있다면 그 자리에 쓰러지고 싶었다. 앉아 있는 것도 고통이었다. 아내를 신경 쓸 여유도 없었다. 내 몸 하나 의자에 앉아 있는 것도 벅찼다. 바닥이 좌우로 흔들렸다. 의자에서 굴러떨어질 것만 같았다.

"궁금하신 점, 있나요?"

의사가 말을 하고 있다. 나는 마비되어 활동을 멈춘 것 같은 머리로 의사의 말을 듣고 있었다. 나는 사선 위 공중에 떠서 의사와 우리의 모습을 내려다보고 있었다. 영혼이 몸에서 분리되었다. 정말 착각이었을까? 유체이탈은 뇌가 일으키는 착각이라고 하는데, 처음 경험한 그 느낌은 현실인지 아닌지 알 수 없는 무중력 상태의 현기증 같은 부유감이었다. 나는 공중에서 의사와 내가 이야기를 주고받는 모습을 지켜보고 있었다.

"단순히 말을 하지 못하는 것과 말을 이해하지 못하는 것은 전혀 다릅니다. 후자는 뇌와 신경계통의 장애죠."

"어떻게 치료해야 하나요?" 공중에 떠 있는 내가 물었다.

"근본적인 치료법은 없습니다."

그리고 이런 말도 덧붙였다.

"말은, 평생 못하겠지요."


## 절규하는 원숭이의 영상을 보다

딸아이가 자폐증이라는 사실은 충분히 알고 있었다. 다만 진단을 받기 위해 유명하다는 의료 기관을 찾은 것뿐이다. 그런데 사실이 확정된 순간, 주변 광경이 탈색되고 말았다. 조금 전까지 천연색으로 보이던 시각이 갑자기 흑백이 되었다. 그리고 한동안 시각에 색채가 돌아오지 않았다.

집에 돌아왔는데 딸꾹질이 멈추지 않았다. 잠시 후 그게 딸꾹질이 아니라 오열임을 알았다.

난 알고 있었는데…….

알고 있었는데…….

머릿속에서는 이 말이 맴돌고 있었다.

그리고 몸에서는 구역질이 밀고 올라와 계속 구토를 했다. 구역질할 때마다 위의 토사물 대신 비명이 쏟아졌다. 내가 이렇게 비명을 지를 수 있다는 걸 처음 알았다.

왜 그랬는지 모르지만, 그때 머릿속에서는 아마존 밀림에서 원숭이 한 마리가 새된 목소리로 비명을 지르는 모습이 보였다. 올무에 걸린 건지 천적한테 습격을 당한 건지 모르겠다. 하지만 정글에는 원숭이의 비명 따위에 신경 쓰는 자는 없다. 아무리 처절한 절규라 할지라도.

그 원숭이의 정체가 뭔지, 무엇을 암시하는지는 알 길이 없었다. 하지만 그때 나는 비명을 지름과 동시에 수수께끼 같은 그 원숭이의 비명을 듣고 있었다. 그 후로도 나는 종종 절규하는 원숭이의 환영을 보았다.

내가 원해서 받은 선고임에도 그 충격은 한동안 가실 줄 몰랐다. 한동안 아무 일도 할 수 없었다. 머리로 생각하는 것과 실제로 체험하는 것은 크게 달랐다.


## 욕망이라는 무간지옥

모든 의욕이 상실됐다.

내 딸한테는 최고의 교육을 시키고 싶었는데…….

평생 말을 이해하지 못하는 아이한테 대체 무슨 교육을 시킬 수 있단 말인가.

리카는 어학 영재로 키우고 싶었다. 아이한테 최고의 레일을 깔아주는 부모가 가치 있는 부모라 생각해왔다. 그렇다면 아무것도 해주지 못하는 부모는 가치가 없단 말인가. 그렇다면 나는 가치 없는 부모가 아닌가. 자기계발서에는 '노력하고 성과를 이뤄야 가치 있는 인간'이라는 말이 자주 등장한다. 노력하는 기술을 습득하지 못하는 내 딸은 가치가 없는 것일까?

아버지가 늘 강조하던 '어린이는 노동력'이라는 말도 자꾸 떠올랐다. 리카는 평생 어떤 노동력도 될 수 없을 것이다. 아버지의 기준으로 본다면 그건 쓸모없는 인간이라는 낙인인 셈이다.

하지만 그때 문득 '어린이는 노동력'이라 말한 아버지의 속내를 알 것 같은 느낌이 들었다. 어쩌면 단순히 아이를 부리겠다는 의미가 아니었을지도 모른다. 그 말 속에는 아들과 함께 일하는 것에 대한 즐거움이 담겨 있었던 건 아닐까. 지금은 아버지에게 확인해볼 수 없지만 분명 그랬을 것이다. 나는 리카에게 노동 가치가 없다는 사실에 낙담하고 있는 게 아니라 딸과 함께할 수 있는 게 없다는 사실이 슬픈 것이리라. 아버지가 살아 계셨다면 나와 같은 심정이지 않을까. 지금으로서는 그저 상상할 수밖에 없다. 하지만 상대의 마음은 상상하는 것만으로도 충분할 것이다. 아버지가 돌아가시는 그 순간까지 그의 마음은 알려고도 하지 않았던 나의 어리석음이 실망스러웠다. 하지만 이미 늦었다. 나는 아버지에 대해 많은 것을 오해하고 있었는지도 모른다. 부모가 되어보니 비로소 내 부모를 이해할 것 같았다. 시간을 되돌릴 수는 없지만……

나는 자기계발서 류의 성공서를 신봉한다.

'꿈은 반드시 이루어진다' '효율적으로 노력하고 성공하자' '노력에는 반드시 대가가 따른다'

성공서가 전하고자 하는 이런 메시지는 틀리지 않다. 나 역시 그 덕에 인생의 위기를 여러 차례 극복할 수 있었다.

그런데 모든 인생이 그럴까?

꿈이 없고, 노력하지 않았다 해도, 그것도 인생이지 않을까? 이런 생각이 머릿속에 떠올랐다 사라지기를 반복했다. 지금까지 비판 없이 믿어왔던 '성공'에 대한 정의가 내 안에서 휘청이고 있었다.

좋은 회사에 들어가 고액의 연봉을 받고, 이태리풍으로 산뜻하게 꾸민 전망 좋은 넓은 방에서 아름다운 아내와 담소를 나누는, 내가 원하던, 성공서에 쓰인 꿈 같은 바로 그 '성공'.

하지만 그 꿈이 이루어졌음에도 내 마음은 전혀 풍요롭지 못했다. 하나의 욕망을 채우면 또 다른 욕망이 고개를 들었다. 끝없는 욕망이라는 무간지옥에 존재하는 건 공허함이 아니었을까. 바로 얼마 전까지는 그런 내부적인 동요를 봉인해두고 살았다. 그런데 리카의 병을 선고받는 순간, 내부의 허식이 산산조각 났다. 장식물을 걷어내면 원치 않아도 자신의 본모습을 보게 된다. 그곳에는 내면의 공허감에 떨고 있는 무력한 내가 있었다. 경제적인 '성공'이 내면적인 '성공'까지 보장해주는 것은 아니었다.


## 새하얀 양말이 준 감동

운명적으로 노력할 수 있는 능력이나 기회를 부여받지 못한 사람이

94

내 딸만은 아니다. 병으로 누워서만 생활하는 사람도 많다. 의식이 없는 채로 침대 위에서만 사는 사람도 있다. 청년 시절의 나처럼 가난 때문에 마음껏 공부하지 못하는 사람도 허다하다.

노력할 수 없는 사람은 가치 없는 사람일까? 아무것도 성취하지 못하는 사람은 가치 없는 사람일까? 자기계발서에 쓰여 있는 대로 성공한 사람이 불의의 사고로 수족이 마비되고 의식마저 잃는다면 그 사람은 이제 아무런 가치도 없게 되는 걸까?

……아니, 아니다. 이건 뭔가 틀렸다.

"이 아이는 평생 바보로 살아야 하니 아무런 가치도 없다."

일부러 이렇게도 생각해봤다. 그런데 그런 마음을 내 안 어디서도 찾을 수 없었다. 딸아이에게 최고의 교육을 시키겠다는 꿈은 사라졌지만 나의 내면에서는 딸아이의 가치에 대한 어떤 변화도 일지 않았다. 사람의 가치는 노력이나 결과만으로 말할 수 있는 게 아니다. 존재 자체도 가치다.

며칠 뒤 오후, 나는 혼자 거리로 나가 버스를 탔다. 어디로 가려고 했는지는 기억나지 않는다. 기억나는 건 버스 안 풍경뿐이다.

얼마쯤 지나니 열다섯 살 정도 되는 지적장애아가 혼자 버스에 올랐다. 그 소년은 버스에 타자마자 큰 소리로 노래를 부르기 시작했다. 버스 안에는 열 명 정도의 승객이 있었고 대부분 못 본 척을 하고 있었다. 개중에는 노골적으로 시끄럽다는 표정을 지어 보이는 사람도 있었고, 소년이 다가오자 자리를 옮기는 사람도 있었다.

예전에는 나도 그들 중 한 명이었다.

버스에서 큰 소리로 소란을 피우다니 저러다 갑자기 난동이라도 부리는 건 아닐까 하는 두려움 때문에 때로는 인상을 찌푸렸고, 때로는 자리를 옮겼으며, 때로는 저렇게 태어나서 참 안됐다며 필요 이상으로 동정하기도 했다.

하지만 그날은 지금까지와는 완전히 다른 느낌이었다. 소년은 큰 소리로 노래를 부르며 내 바로 옆자리에 앉았다. 무기력해진 탓일까, 나는 여느 때처럼 당황스럽지도 않았고 자리를 옮기려고도 하지 않았다. 다만, '이 아이는 어떤 상태일까? 리카랑 비슷할까?'라고 생각하며 멍하니 그 아이를 바라보고 있었다.

그 순간이었다.

아이의 양말이 눈에 들어왔다. 새하얗고 청결한 양말이.

이런 건 아무도 알아채지 못할 것이다. 정말 작은 발견…….

양말 너머로 언제나 깨끗하게 빨아서 외출할 때면 정성스럽게 신겨줄 아이 보호자의 모습이 보였다. 나도 리카에게 그렇게 해주고 있기 때문에 그 의미를 안다.

어린이집 선생님은 내가 딸아이의 의복을 깔끔하게 챙겨준다고 칭찬을 하곤 했다. 특히 양말 같은 작은 것이 깨끗하게 세탁되어 있는 모습에 감탄했다.

"의외로 양말이나 신발 같은 데서 부모의 수고가 드러나지요."

버스 안에서 괴성을 지르고 있는 이 아이도 지극한 사랑 안에서 자라고 있을 것이다! 소년의 얼굴을 자세히 들여다보라. 분노나 초조함이 아니라 버스를 타고 있는 게 신 나 어쩔 줄 모르겠다는, 환희로 가득한 표정이지 않은가.

지금까지 대체 나는 무엇을 보고 살아온 걸까.

나는 이전에도 똑같은 패러다임 전환을 경험한 적이 있었다. 리카가 태어나던 날이었다.

나는 아이를 싫어했다. 방약무인한 괴물. 뇌가 없는 좀비 집단. 아무 데서나 소란을 피우는 이 얼마나 귀찮은 존재란 말인가!

유일한 구원은, 거리에는 아이가 없다는 사실이었다. 아이들의 모습은 거의 눈에 띄지 않는다. 하지만 내 아이가 태어나던 날, 병원에서 거리로 나가보니 그곳엔 부모의 손을 잡고 걷는 아이, 유모차를 탄 아이, 공원에서 놀고 있는 아이들이 있었다. 역까지 가는 동안 수많은 아이들과 스쳤다. 작은 여자아이의 손에 쥐어진 빨간 풍선이 바람에 흔들리고 있었다.

"어? 이 아이들은 어디서 온 거지?"

같은 거리에서 같은 풍경을 보고 있는데, 어느 날 갑자기 보이는 게 달라졌다. 물론 그들이 다른 세상에서 튀어나온 것은 아니다. 내가 보려고 하지 않았을 뿐. 처음부터 내 앞에 있었는데 눈에 들어오지 않았던 것이다.

나는 이 신기한 현상에 감동했다. 시간이 가면서 그때의 감동도 잊고 있었는데, 오늘 예기치 않게 버스에서 만난 한 소년이 신고 있는 흰 양말이 그날의 신기함과 감동을 다시 일깨워주었다.

어렸을 때는 세상이 모르는 것투성이라 하루하루가 발견의 연속이었다. 그 발견은 어른이 되어 이젠 세상을 알 것 같다 싶은 순간부터 사라졌다. 하지만 소년의 하얀 양말이, 세상에는 아직 보이지 않는 것이 많으며 게다가 그건 바로 가까이에 있다는 진리를 새삼 가르쳐주었다.

내 가슴에 활력이 되살아나는 걸 느낄 수 있었다. 피가 힘차게 온몸을 돌고 뇌가 다시 움직이기 시작했다. 나는 조금 전까지 미래는 사라졌다고 생각했다. 미래가 없으니 지금 뭘 해도 허사라는 허무감이 나를 지배하고 있었다. 하지만 딸아이의 미래에도, 매일 깨끗하게 세탁한 양말을 준비해주는 작은 행복은 있을 것이다. 그런 행복이 있다면 지금을 살 가치도 있지 않은가. 그렇다면 나는 '지금' 무엇을 할 수 있을까? 의욕이 생기기 시작했다. 그래, 할 수 있는 건 해보자. 해답은 의외로 가까이에 있을 것 같은 기분이 들었다. 분명, 보려고 하지 않기 때문에 보이지 않을 뿐이다.


## 자폐아는 모두 천재?

영화 〈레인 맨〉은 80년대 말에 개봉되었다. 자폐증을 앓는 형과 파산 직전에 몰린 아우의 한때를 그린 로드무비인데, 훌륭한 스토리와 더스틴 호프만의 실감 나는 자폐 연기가 화제가 되었다. 아카데미 시상식에서 작품상, 감독상, 각본상, 남우주연상 4개 부문을 수상하며 전 세계적으로 크게 히트한 이 영화는 자폐증을 이해하는 데 도움을 주는 영화인 동시에 자폐증에 대한 오해를 불러일으킬 수 있는 영화이기도 하다.

더스틴 호프만이 열연한 레이몬드는 한 번 본 것은 사진처럼 기억하는 초인적인 기억력의 소유자이다. 사실, 레이몬드의 증상은 자폐증이라기보다는 서번트증후군이라 불리는 증상이다. 서번트는 프랑스어로 '석학'을 뜻하는데, 지적장애나 자폐 증상을 가진 반면 완벽한 기억력이나 예술적 재능 또한 지녔다.

그런데 이 〈레인 맨〉에서 서번트증후군이 자폐증의 특징인 것처럼 묘사된 탓에 자폐아는 뭔가 천재적인 재능이 있다고 오해하는 사람도 생겼다. 그중 한 명이 바로 나였다. 자폐증 선고의 충격에서 정신이 들었을 때, 내가 맨 처음 한 행동은 딸아이의 천재성을 탐색하는 것이었다.

작지만 아름다운 음색을 내는 어린이용 피아노를 리카 앞에 두고, 모차르트와 쇼팽의 곡을 들려준 다음 리카가 과연 그 곡들을 재현하는지 시험했다. 텔레비전에서 한 번 들은 곡을 완벽하게 재현하는 서번트 환자를 본 적이 있었던 것이다. 하지만 리카는 피아노 건반은 건드리지도 않았다. 내가 건반을 누르면 시끄럽다는 듯이 귀를 막아버렸다. 어느새 리카는 다른 방으로 가버리고 없었다. 정신이 들었을 때는 나 혼자 피아노를 치고 있었다. 리카에겐 음악에 대한 흥미와 재능은 없는 것 같았다.

다음은 딸아이 앞에 직소 퍼즐을 흩어놓아 보았다. 도형에 천재적 재능이 있는 다른 서번트증후군 소유자들처럼 순식간에 퍼즐을 완성하는 건 아닐까 기대했지만 딸아이는 수북이 쌓인 퍼즐 언덕을 발로 걷어차 그냥 엉망으로 만들 뿐이었다.

어떤 때는 사진처럼 예술적인 그림을 그릴 재능이 있는 건 아닐까 싶어 크레용과 도화지를 줘봤다. 딸아이는 도화지 위에 까치발로 서더니 크레용을 입에 넣고 먹으려 했다.

나중에 안 일인데 서번트증후군은 자폐아 중에서도 몇 퍼센트 되지 않는 극히 희귀한 증상이었다. 나는 희박한 천재성을 찾는 것보다 딸아이를 자세히 관찰하면서 우리가 할 수 있는 일을 찾기로 했다.


## 애정 부족 때문이라는 오해

나는 현재까지 알려진 모든 치료 방법을 검토했다.

안아주기 요법은 초기에 시도했던 민간요법 중 하나다. 이 요법은 일종의 껍데기 속에 갇혀 있는 아이를 꼭 안아주며 애정을 표현함으로써 그 껍데기를 깬다는 게 포인트다. 안아주기만 하면 문제가 해결된다는 건 매력적인 아이디어지만 치료되었다는 구체적인 증거는 발견할 수 없었다. 애초에 이런 발상은 사고를 정지시킬 뿐만 아니라 '부모의 애정이 부족해서 자폐증이 생긴다'는 잔혹한 오해를 조장하는 것 같았다.

자폐증의 원인이 부모의 애정 부족이라는 설은 1943년에 자폐 증상의 예를 최초로 보고한 고명한 의학자 레오 카너Leo Kanner 박사에 의해 확산되었다. 그리고 시카고 대학 교수이자 정신분석가인 브루노 베텔하임Bruno Bettelheim은 '냉장고 엄마'라는 말까지 만들어냈다. 의사를 포함한 많은 사람들이 '냉장고처럼 차가운 엄마 때문에 아이가 자폐증이 되었다'는 그의 주장에 동의함으로써, 그렇지 않아도 자식의 장애로 고통받는 부모들을 더욱 괴롭혔다.

그러다가 자폐증의 원인이 유전자 문제일 가능성이 크다는 주장이 힘을 얻자, 1969년에는 자폐증의 발견자이며 애정 부족설을 주장했던 카너 박사도 자신의 주장을 부정하기 시작했다. 하지만 베텔하임은 애정 부족설에 집착하며 증거까지 날조하다가 1990년에 자살하고 만다. 현재 대다수 의료 관계자들은 '부모의 애정이 부족하면 자폐증이 된다'는 설을 부정하고 있다.

하지만 아직 많은 이들이 이 주장을 믿고 있으며, 자폐아의 부모가 사랑이 부족한 사람이라며 손가락질받는 경우도 실제로 있다. 이런 비난은 모르는 남보다는 친한 친구나 친척들에게 받는 경향이 있다. 난처하게도 이런 말을 하는 사람들은 전혀 악의가 없으며, 자신의 무지로 잔인한 말을 하고 말았다는 인식조차 없다. 오히려 그들은 선의로 똘똘 뭉쳐 있다. 그보다 문제인 것은 부모 자신이 죄책감 때문에 이런 주장을 믿는 경향이 있다는 점이다. 나 역시 한때는 스스로를 책망하며 그렇게 생각했다.

캘리포니아 대학 샌디에이고 캠퍼스의 에릭 쿠르센Eric Courchesne 박사 팀은 사망한 남아 열세 명의 뇌를 해부한 결과, 자폐 아동 뇌의 뉴런 수가 평균보다 67퍼센트 많으며 뇌 용량도 평균보다 무겁다는 사실을 2011년에 발표했다. 뇌의 뉴런은 출생 전에 만들어진다. 이 연구는 출생 전의 신경 발달 단계에서 이미 자폐증이 시작된다는 사실을 수치로 보여주는 것이다.

다시 한 번 강조하겠다. '자폐증은 부모의 사랑이 부족해서 생기는 병이 아니다!'

## 먹는 것에 더욱 신경을 쓰다

미국에서는 2001년, 자폐증의 원인이 예방접종 백신에 함유된 유기 수은 티메로살 때문이라는 주장이 일면서 제약회사를 상대로 소송이 제기되었다. 티메로살은 성분의 50퍼센트가 수은이다. 수은은 1940년 대부터 보존제로서 다양한 백신에 사용됐다.

예방접종에 사용되는 유기수은과 자폐증의 관계 여부에 대한 결정적인 결론은 나지 않았지만, 지금은 미국이든 일본이든 가능한 한 백신에 티메로살을 첨가하지 않는 방향으로 하고 있다. 그리고 티메로살 첨가 여부는 백신 사용 설명서의 성분표나 주의 사항에 명기하게 되어 있다.

이 유기수은을 체내에서 배출(Chelation, 킬레이션)시키면 자폐증이 낫는다는 설을 들은 나는 직접 킬레이션 요법을 시행해 아들의 지적 능력을 극적으로 개선했다는 아버지를 찾아가 방법을 상세히 전수받았다.

유기수은을 배출시키기 위한 화학약품을 수면 시간 포함 세 시간 간격으로 아이에게 먹인다. 이렇게 이삼일 동안 한 다음, 같은 기간만큼 복용을 중지한다. 그리고 다시 투여한다.

화학약품을 뇌에 넣기 때문에 킬레이션 요법에는 큰 위험성이 따른다. 게다가 킬레이션 요법이 자폐증에 효과적이라는 임상 시험 결과도 없다. 1990년 이후에는 아홉 명이 사망했다는 보고까지 있었다.

나는 킬레이션 요법의 위험성보다 세 시간마다 화학약품을 투여해야 하는 치료 방법에 시간적·체력적 부담을 느껴 단념하고 말았다. 조금 더 여유가 있었다면 감행했을지도 모른다. 필요한 화학약품은 이미 사놓은 상태였다.

실행에 옮기지는 않았지만 나는 그 후, 먹는 것이나 몸에 닿는 것에 신중을 기하게 되었다. 유기수은은 과거에 안약이나 콘택트렌즈 보존액, 충치 치료 충전제인 아말감, 도료 등에도 사용되었다. 일본인은 생선을 즐겨 먹는데 크기가 큰 생선 가운데는 수은이 축적된 것들도 있다. 후생노동성은 임산부를 위해 참다랑어나 황새치 같은 생선의 섭취량 기준을 제시하고 있다.

우리는 딸아이의 이유식이 끝나고 일반식을 하게 되면서 첨가물이 들어간 음식은 먹이지 않으려고 신경을 썼다. 딸아이한테서 서번트 같은 천재성은 발견하지 못했지만 혹시 무언가에 재능이 있다면 그건 미각일지도 모른다.

리카는 유아 때부터 즉석요리보다는 갓 지은 밥을 더 좋아했다. 같은 밥이라면 전기밥솥보다는 질냄비에 정성껏 지은 밥을 더 좋아했다.

화학조미료를 사용한 국은 쳐다보지도 않지만 다시마나 채소를 우려 국물을 내면 마지막 한 방울까지 다 마셨다.

딸아이의 미각에 맞추다 보니 처음에는 그저 평범한 남자들 수준이었던 내 요리 실력도 어느새 프로 수준으로 향상되었다.

딸을 돌보기 위해 되도록 일찍 퇴근하려 했다. 식사나 미팅 약속이 있을 때는 집으로 초대해 직접 음식을 만들어 대접했다. 그런데 의외로 레스토랑 같은 곳에서 만나는 것보다 집밥을 대접하는 편이 더 상대방을 기쁘게 하는 것 같았다.

흔쾌히 집까지 와주는 사람들은 대부분 내게 장애를 가진 딸이 있다는 걸 알게 되어도 태도에 변함이 없었다. 식탁 옆에서 딸아이가 꺄—
하는 괴성을 질러도 거의 신경 쓰지 않았다. 섣불리 동정하지 않고 평
범한 아이 대하듯 해주는 게 얼마나 고마운지 모른다. 증명할 수는 없
지만 나는 세상 사람 중 절반은 장애인과 공존할 수 있는 재능이 있다
고 생각한다.


## 갖가지 민간요법 순례

수영장에 떠 있는 것만으로도 치료된다는 사람도 있었다. 그 사람은
'여러 명의 아이를 고친 경험이 있다'고 자신감에 넘쳐 있었는데, 딸을
수영장에 데리고 들어가더니 천천히 흔들기 시작했다. 그리고 딸아이
한테 말을 걸었다.

"어때, 기분 좋지? 그렇지 않니?"

딸아이는 말을 이해하지 못하기 때문에 전혀 반응이 없었다. 한참 시
간이 지난 후 그 사람은 딸아이에게 화를 내기 시작했다.

"왜 내 눈을 보지 않는 거니? 사람이 말을 하면 들어야지!"

그러더니 그 사람은 내게 불평을 늘어놓았다.

"이 아이는 자폐증이 아닙니다. 다른 자폐아들은 다들 말을 잘 듣고
온순하다고요."

그녀의 말을 잘 들어보니 그 사람이 지금까지 '자폐증'이라고 부른
아이들은 그저 소심하고 내성적인 아이들이었으며, 그녀는 진짜 장애

인을 다뤄본 경험이 거의 없었다.

그런가 하면 프랑스나 영국 등 유럽에서 인기 있다는 민간요법인 호뫼오파티(Homöopathie, 동종 요법)를 시도해보기도 했다. 이 요법은 레머디remedy라 불리는 '약'을 사용한다. 레머디는 각각의 증상에 효과가 있다는 물질(식물이나 광물 등)을 물에 녹인 다음 잘 저으면서 백 배 이상으로 희석해 만든다.

18세기 말 호뫼오파티를 창시한 하네만Samuel Christian Friedrich Hahnemann은 레머디는 농도가 엷으면 엷을수록 효과가 높다고 생각했다. 레머디는 백 배 희석을 30회 반복하는 경우가 많다. 그 정도로 희석하면 최초의 분자는 거의 남아 있지 않다. 즉 그냥 물이다. 하지만 그물은 첨가되었던 성분이나 에너지를 기억한다고 한다.

그 어떤 엉뚱한 이론도 상관없었다. 그 방법이 효과가 있느냐, 없느냐 오직 그것에만 관심이 있었던 나는 딸아이에게 시험해보기 전에 내가 먼저 레머디를 마셔보거나 레머디를 넣은 사탕을 사용해봤다. 유감스럽게도 나한테는 아무 효과가 없었다.

'물은 기억한다'는 말을 호뫼오파티를 통해 처음 들은 건 아니었다. 어떤 사람은 세포를 활성화하는 파동 에너지를 기억하는 물을 권유하기도 했다. 이 물을 마시면 자폐증도 낫고 병에 잘 걸리지 않는 체질이 된다고 했다. 1리터에 5천 엔 정도로 기적을 만날 수 있으니 현명한 소비자가 될 기회라고 그는 열심히 강조했다.

사실 나는 전에 그 물과 아주 흡사한 것을 산 적이 있었다. 아버지가 돌아가시기 바로 며칠 전, 누나가 그런 물이 있다는 걸 알고는 나한테

어서 사오라고 했던 것이다.

이미 의료의 힘으로는 손을 쓸 수 없는 지경까지 간 아버지지만, 그물을 마시거나 피부에 뿌리면 암이 사라진다고 했다. 당시 그 물은 1리터에 만 엔이었다. 물을 파는 사람은 그것이 얼마나 '과학적'인 근거가 있는지 설명했다. 그의 말에 따르면 베트남전쟁 중 부상병을 대상으로 극비리에 실험한 결과 인간의 세포를 활성화하는 파동 에너지가 있음이 판명되었다고 한다.

"당신 눈앞에 있는 그 물은 파동을 기억하고 있으니 당장 아버님께 그 물을 마시게 하세요. 반드시 치유되니 믿으세요. 믿음이 없으면 나쁜 파동이 나와서 효과가 사라집니다."

우리는 틈만 나면 아버지한테 그 물을 먹이고 분무기로 뿌렸다. 효과는 조금도 없었다. 우리에게 물을 판 그 남자도 3개월 후 갑자기 암으로 죽고 말았다. 물만 마시고 병원에는 한 번도 가지 않았기 때문에 자신도 마지막까지 자기 몸에 암세포가 있다는 사실을 몰랐던 것 같다.

'자폐증은 반드시 낫는다'고 단언하는 사람이 찾아왔다. 자기 말을 좀 들어보라고 하길래 따라갔더니 자기가 믿는 종교를 권유했다. 정말 내 딸을 낫게만 해준다면 신흥종교가 떠벌리는 기적도 믿을 수 있다. 하지만 얘기를 잘 들어보면 그런 사람들은 하나같이 장애에 대해 무지했다. 딸아이의 상태를 자세히 설명한 다음, 기도하면 정말 나을 수 있느냐고 논리 정연하게 물으면 '당신과 조상의 정성과 신심이 부족해서 따님이 아픈 겁니다'라며 협박하기 시작했다.

"얼마를 내면 딸아이가 낫겠습니까?"

"모든 것을 버리면 구원받을 수 있습니다. 많이 버릴수록 많은 것을 주십니다."

"이 종교는 돈이 많고 적음에 따라 효과가 달라지는군요."

"그런 마음이라면 평생 구원받기는 틀렸군요."

결국 나는 그에게서 저주까지 받고 말았다.

애니멀 테라피(동물 매개 치료 요법)에도 관심을 가져보았다. 돌고래와 접촉하면 자폐증이 완화된다는 돌고래 요법은 특히 인기가 있었다. 이 방법을 권해준 친구는 "돌고래는 초능력이 있어서 병이 있는 사람, 특히 마음에 상처를 입은 사람을 알아보고는 옆에 와서 같이 놀아준다"고 했다. 그리고 돌고래의 음파를 쪼이면 마음의 상처가 치유된다고 했다.

그 친구의 말뿐 아니라 돌고래 요법에 대한 수많은 정보를 살펴보면 지적장애와 마음의 장애를 혼동하고 있는 경우가 많았다. 효과에 대해서는 '내성적이던 아이가 조금씩 밝아졌다'는 정도가 대부분이었으며 지적장애에 대한 지식 부족에서 비롯된 체험담도 많았다.

돌고래 요법은 기분을 편하게 해주는 것 이상의 효과는 없는 것 같았다. 애초에 돌고래 요법의 창시자인 스미스Betsy A. Smith 박사도 효과를 과학적으로 증명할 수 없다는 이유로 돌고래 요법을 중지한 터였다. 내게 돌고래 요법은 영적 신앙의 일종으로밖에 여겨지지 않았다.

내가 무엇을 찾고 있는지 처음에는 알지 못했다. 다만 많은 책을 읽고, 지난 신문 기사를 뒤지고, 많은 사람에게 이야기를 들었다.

하지만 왠지 그 어떤 정보도 마음에 와 닿지 않았다.

민간요법이나 대체 의료라 불리는 것은 무엇이든 낫는다며 만능을 강조하지만 입증된 효과가 없었다. 한편, 일반 의료 방면에서 들어오는 정보는 하나같이 '자폐증은 회복 불가능한 중증 질환'이며 결국에는 '장애를 편한 마음으로 받아들이세요'라는 메시지로 압축되었다.

"경고한다! 소모적인 싸움은 당장 그만두고 항복하라!"

정보를 찾으면 찾을수록 온 세상이 내게 이렇게 말하는 것 같았다.

하지만 내게 필요한 것은 신속한 포기가 아니라 자폐증과 싸워 이기는 방법을 찾는 것이었다. 용을 물리치는 방법은 반드시 존재한다.

그런데, 대체 어디에 있는 걸까?

6장
응용행동분석

이 얘기는 아는 사람에게서 들었다. 그 사람은 또 자기가 아는 사람한테 들었다고 했다. 그러므로 출처는 명확하지 않다.

일본에 있는 미군 기지에서 일하는 어느 미국인 부부가 있었다. 부부의 아이는 기지 내 병원에서 자폐아 진단을 받았다. 군의관은 귀국하여 치료를 받으라며 강하게 귀국을 권유했고 가족은 캘리포니아로 돌아갔다고 한다. 미국에서는 심리학을 이용하는 치료법이 있고 그것은 어느 정도 효과를 나타내고 있다……

이 애매한 이야기에는 진실이 담겨 있었다. 캘리포니아 주에는 분명주 정부가 후원하는 자폐증 치료 시스템이 있었다. '응용행동분석'이라는 이름의 이 시스템은 행동을 세세한 단계로 분해한 다음 각각의 행동을 칭찬하여 행동을 개선시킴으로써 복잡한 행동을 습득하도록 하는 방법이다. 복잡한 행동 중에는 언어 습득도 포함되어 있다.

"자폐아에게 말을 가르칠 수 있나요? 의사도 평생 말을 하지 못할 거라고 했는데 그게 가능할까요?"

응용행동분석에 관심이 있다고 하자, 미국에 사는 지인이 1980년에 촬영된 어떤 영상물을 보내왔다. 자폐아를 대할 때 가장 조심해야 하는 것은 불안감을 자기 자신한테 발산하는 자해 행동이다. 자해 행동이 심해지면 안구가 파열될 정도로 벽에 계속 머리를 찧거나 뼈가 드러날 때까지 자기 팔을 물어뜯는 아이도 있다. 그 영상물에도 두 손에 벙어리장갑을 긴 채 자기 머리를 심하게 때리며 자해하는 아이의 모습이 담겨 있었다.

영상은 점점 의외의 방향으로 전개되었다.

자폐아를 개선해가는 절차가 기록되어 있었던 것이다. 영상을 제작한 인물은 UCLA의 로바스 박사였다.


## 로바스 박사의 획기적인 연구

말을 하지 못하는 자폐아에게 행동분석을 응용하는 '응용행동분석'은 1960년대에 시작되었다. 처음에는 문 손잡이를 당기는 수준의 간단한 행동을 가르치는 데 성공한 정도였다.

이바 로바스Ivar Lovaas 박사는 1987년, 연방 정부의 후원으로 자폐증을 앓는 열아홉 명의 유아를 대상으로 응용행동분석을 이용한 치료를 1대 1 환경에서 주 40시간씩 2년 이상 실시했다. 그리고 동시에 비교를 위해 다른 곳에서 마흔 명의 유아를 주 10시간 내지 그 이하로 치료했다.

결과의 차이는 확연했다. 주 40시간씩 치료받은 열아홉 명 가운데

47퍼센트의 지능지수가 평균치인 94 이상으로 개선된 것이다. 하지만 다른 그룹에서 그 정도 결과가 나온 아이는 2퍼센트에 불과했다.

주 40시간 치료를 받은 열아홉 명의 아이 가운데 아홉 명이 일반 학교에 진학했다. 그 아이들은 몇 년 후 실시한 추적 조사에서도 당시의 지능지수를 유지하고 있었다.

훗날 나는 영국 BBC방송에서 로바스 칠드런 열아홉 명에 대해 방영하는 것을 보았다. 그중 두 살 때 자폐증으로 전혀 말을 하지 못하고 괴성만 지르던 한 남자아이는 스물다섯 살의 청년이 되었고 연간 수입 5만 달러의 유리 직공이 되어 자립된 삶을 살고 있었다.

자폐증이 치료된 예가 정말 존재했던 것이다!


## 하루라도 빨리 시작해야 한다

어떤 병이든 가능하면 조기에 치료를 시작하는 게 가장 효과적이다. 로바스 박사는 가능하면 0세부터, 늦어도 네 살 이전에는 치료를 시작하라고 한다. 아직 일반적으로 성장하는 아이들과 격차가 크지 않고 증상도 고착되지 않았기 때문이다. 빨리 시작할수록 따라잡을 가능성이 높아진다.

리카는 이미 세 살이 지난 상태다. 시간적 여유가 없다. 아니, 어쩌면 이미 늦었는지도 모른다. 그래도…… 늦었지만 희망은 있을 것이다.

미국 공중보건국 국장은 1999년 "응용행동분석은 바람직하지 않은 행동을 제거하고, 바람직한 행동을 증가시키는 데 효과가 있다. 로바스 박사의 방법은 다수의 연구팀을 통해 부분적으로나마 효과가 재현되었다"라며 로바스식 응용행동분석을 지지했다.

한편, 일본에서 응용행동분석은 행정이나 의료 관계자, 교육 관계자 모두에게 '전혀'라고 할 수 있을 만큼 알려진 바가 없었다. 로바스 박사의 방법을 시도하고 싶어도 일본에서는 어디를 찾아가야 할지 도무지 알 길이 없었다.

일본에서 불가능하다면 차라리 캘리포니아로 이주할까도 생각해봤다. 캘리포니아 주에서는 자폐증 치료를 위해 연간 18억 달러의 예산을 편성하고 있다. 당시의 주 당국 주임 심리학자였던 론 허프는 응용행동분석에 기반한 치료를 강력히 지지하며 모든 주민에게 응용행동분석 치료를 선택하도록 권유했다. 아이의 자폐증 치료를 위해 미국으로 이주한 일본인도 이미 여럿 있었다.

언어 개념이 없는 아이에게 인공적으로 말을 가르치기에는 일본어보다 영어가 더 쉬울 것이다.

미국 외무직원국은 각국 언어를 습득하는 데 걸리는 시간을 정리해 놓았다. 프랑스어나 이탈리아어는 5백에서 6백 시간, 그에 반해 일본어는 그의 네 배인 2천2백 시간이 필요하다고 한다.

이 수치는 영어를 모국어로 하는 사람을 기준으로 한 난이도지만 일본어가 어렵다는 건 일본인들도 실감한다. 히라가나, 가타카나, 한자, 로마자, 네 종류의 문자를 사용하는 일본어보다 알파벳만 알면 읽고 쓸 수 있는 영어를 습득하는 게 유아들에게 훨씬 빠르지 않을까.

특히 장애아들에게는 간단한 언어를 습득하는 게 더 유리할 것이다.

영어는 띄어쓰기를 하므로 단어 구분이 잘되는데, 일본어는 단어와 단어가 조사로 연결되어 있어 단어와 품사를 구분하기가 어렵다.

영어로는 "컴 히어 Come here!" 한마디면 되는데, 일본어로는 '이리 오렴' '여기로 와' '이리 오세요' '이리 와' '여기야' 등 다양한 표현이 존재한다.

영화 〈이티(E.T.)〉에서는 지구에 홀로 남겨진 외계 생명체 이티가 어린이용 교육 프로그램인 《세서미 스트리트》로 영어를 배운다. 이티는 그 영어를 활용해 인간 친구 엘리엇에게 신문의 만화 한 컷을 가리키며 'phone', 하늘을 가리키며 'home'이라고 한다. 그리고 단어와 단어를 연결해 말을 한다.

"E.T. phone home. (E.T. 집에 전화할 거야.)"

이 말을 듣고 엘리엇은 친구가 무엇을 원하는지 알게 되었고 그를 우주로 돌려보내기 위한 대모험이 시작된다. 만약 이티가 미국의 한 교외가 아니라 일본에 남겨졌다면 말도 배우지 못하고 우주로 돌아가지도 못하지 않았을까?

우주인에게 일본어는 너무 어렵다. 그리고 아마 리카에게도 그럴 것이다.

습득하기 쉬운 언어 구조. 캘리포니아 주로 대표되는 정부의 자폐증 치료에 대한 예산과 관심, 로바스 박사를 중심으로 하는 풍부한 연구 인력, 두터운 정신과 의사층과 선진성. 어느 면을 보더라도 일본보다 미국이 자폐증 치료에 더 적합해 보이지 않는가.

시간이 없다. 만약 캘리포니아 주로 갈 생각이라면 이제 준비를 시작해야 한다. 하지만 가능하면 딸아이에게 일본에서 일본어를 가르치고 싶다. 아, 어떡하면 좋을까!

그 무렵, 동네 아동 상담 시설이 주최한 모임에서 한 부부를 알게 되었다. 그들은 자폐아 아들을 둔 핀란드인이었다. 핀란드는 세계적으로도 복지가 잘되어 있는 나라로 유명하다. 그들도 복지나 정신위생 교육을 받았던 터라 내가 미국의 응용행동분석에 관심이 있다고 하자 전적으로 동의해주었다. 북미에서도 그건 당연한 얘기라고 했다. 그들은 일본의 자폐증 치료 환경이 열악하므로 곧 핀란드로 돌아갈 예정이라며 헤어지기 전에 이런 말을 남겼다.

"우리는 곧 핀란드로 돌아가지만 좋은 정보를 하나 줄게요. 로바스 박사는 북유럽 출신이기 때문에 우리도 박사에 대해 조금 알아요. 사실 로바스 박사의 제자 중에 일본 사람이 한 명 있답니다. 조치上智 대학에 가보세요. 당신을 도와줄 수 있는 건 그 사람뿐입니다."

아내가 친구를 통해 핀란드 부부가 말한 인물을 찾았다. 2주 후, 우리는 조치대학 심리학과 연구소에서 초대를 받았다. 그 인물, 나카노 요시아키中野良顯 교수는 풀브라이트 장학금으로 UCLA에서 유학하며 응용행동분석의 권위자인 로바스 박사에게 가르침을 받았다.

심리학과에 설치된 넓은 놀이 치료실에서는 유리창 너머로 실내를 볼 수 있었는데, 수려한 용모의 교수는 학생들과 함께 그곳에서 리카에게 질문을 하고 있었다.

"이건 뭐지?" 한 학생이 리카에게 작은 모형 사과를 보여주었다.

"······." 딸아이는 아무 말도 들리지 않는 듯 질문을 무시했다.

"따라 해봐!" 한 학생이 바로 눈앞에서 만세를 해 보였다.

"······." 딸아이의 시야에 그 학생은 존재하지 않았다.

잠시 후 치료실에서 교수가 나왔다.

"따님은 자폐증이 틀림없습니다. 병원에는 아직 안 가보셨나요?"

"병원에서도 자폐증이라는 진단을 받았습니다. 하지만 치료 방법이 없는 것 같더군요."

"저희는 40년에 걸친 자폐증 연구를 통해 로바스식 응용행동분석이 치료 효과가 있다는 걸 확인했습니다. 아직까지는 영문 텍스트밖에 없는 상황이라 저희가 지금 일본어에 맞는 훈련법을 개발하고 있는 중입니다."

이 연구실이 시도하고 있는 것은 영어로 구성된 로바스법을 일본어에 맞춰 번안하는 프로젝트였다.

이 얼마나 다행인가! 이 얼마나 절묘한 타이밍이란 말인가! 딸아이에게 일본에서 일본어를 가르칠 수 있을지도 모른다.

"다행히 댁이 학교에서 가깝고, 독립된 공부방도 확보할 수 있을 것 같군요. 프로젝트 대상으로 적합할 것 같습니다. 자, 한번 시도해보시겠습니까?"

"네, 꼭 하고 싶습니다." 나와 아내는 그 자리에서 바로 대답했다.

하지만 프로젝트에 참가하기 위해서는 큰 문제가 있음을 잊고 있었다. 바로 비용이었다.

## 천문학적 비용이 드는 치료법

응용행동분석은 '자폐증 치료의 롤스로이스'라 불릴 정도로 비싼 치료법이다. 미국도 캘리포니아 주에서는 주 정부가 비용을 부담하지만 다른 대부분 주에서는 자비로 충당해야 한다.

미국 ABC 방송국은 오하이오 주 클리블랜드에 사는 어느 부부의 고뇌를 보도한 적이 있다. 이 부부는 아들만 셋인데 모두 자폐증이었다. 한 아이가 자폐증이면 다른 형제자매까지 자폐증일 확률이 상당히 높다. 클리블랜드에는 응용행동분석으로 치료하는 전문 클리닉이 있다. 부부는 세 아이를 위해 치료를 시작했고 총 열두 명의 전문가가 참여했다. 비용은 아이 한 명당 연간 5만 6천 달러에 달했다. 부부의 통장 잔액은 바닥이 나 친척과 지인들의 도움으로 생활하고 있었다. 게다가 부부는 실업 상태였다. 앞으로는 경비를 대출받아 치료를 계속할 계획이라고 했다.

영국 국영방송 BBC는 잉글랜드 남서부에 위치한 브리스톨에 사는 한 가족을 취재했다. 그들은 아들에게 드는 응용행동분석 치료비, 월 1,200파운드를 전부 빚으로 해결하고 있었다.

한편, 일본 정부나 지자체의 장애 아동에 대한 지원은 대부분 생활비 보조 정도다. 부모가 개인적으로 선택한 교육이나 훈련에 대한 공적 지원은 일체 없었다. 일본에서 경제적 지원을 받으려면 의료 목적으로 치료를 받아야 한다. 하지만 일본에서 본격적으로 로바스식 응용행동분석을 시행하는 곳은 조치 대학 심리학과의 나카노 연구실뿐이다. 그곳

118

은 의료 기관이 아니므로 의료보험 제도가 적용되지 않는다. 비용은 미국과 마찬가지로 월 35만 엔에서 50만 엔이 소요된다고 한다.

"과연 내가 그 정도까지 감당할 수 있을까?"

나는 극도의 가난에서 시작해 현재의 윤택한 생활을 일궜다. 지금의 이 생활을 잃는 게 두렵다. 치료법을 찾아 헤맨 결과 응용행동분석을 알게 되었고, 그 치료를 받기 위해 캘리포니아로 이주할 생각까지 했지만 막상 경제적인 문제가 현실로 다가오자 나도 모르게 주춤하고 있었다.

"역시 안 되겠어. 그만한 능력은 안 되는 것 같아."

나는 아내에게 고백했다.

"좀 더 시간을 갖고 생각한 다음 결정해요." 아내는 못내 아쉬운 듯 말했다. 아내는 병원에서 딸아이가 자폐증이라는 사실을 선고받던 날, 그 좋은 직장을 주저 없이 그만두고 아이를 돌보는 데 집중해왔다. 돈이나 화려한 생활에 대한 미련은 전혀 없었다.

아직도 돈에 집착하는 건 나뿐이었다.


## 백 명 가운데 한 명은 자폐아

자폐증 환자 수는 통계를 낼 때마다 증가하고 있다. 1960년대에 미국에서 처음 통계를 냈을 때는 2천 명에 한 명 꼴이었던 것이, 90년대에는 2백 명에 한 명, 2006년 조사에서는 백 명에 한 명이 자폐증이라는 결과가 나왔다. 미국 질병통제예방센터의 보고에 따르면 2012년에는 그 비율이 88명 중 한 명꼴이라고 한다.

영국 국립보건임상연구소도 최근, 환자가 증가하고 있음을 인정하며 적어도 어린이 백 명 가운데 한 명은 자폐증인 것으로 보고 있다.

자폐증은 ADHD(주의력결핍과잉행동장애), LD(학습 장애), 전반적 발달 장애, 아스퍼거 증후군을 포함하는 '발달 장애'의 대표 증상이다. 이는 자폐증이라는 가장 중증의 증상에서 아스퍼거 증후군 같은 비교적 가벼운 증상까지 그러데이션을 그리며 현대사회에 급속히 확산되고 있다.

특히 아스퍼거 증후군은, 미국 실리콘밸리에서 일하는 엔지니어 가운데 25퍼센트가 이에 해당한다고 해서 '실리콘밸리 증후군'으로 불리기도 한다. 이런 예까지 포함하면 광의의 발달 장애는 열 명에 한 명꼴이라는 설까지도 있다. 일본 국내에서 아스퍼거 증후군 등을 포함한 환자는 120만 명 이상으로 천식 환자보다 많은 수치다.

며칠 후, 다시 나카노 교수를 방문했다. 그날, 교수는 자폐증 환자와 일반인의 관계에 대해 이야기해주었다.

"자폐증 환자와 일반인 사이에 단절은 없습니다. 그들과 우리는 동일 선상에 있어요. 보통 사람들도 다양한 자폐증의 특징을 가지고 있으니까요."

"정말인가요!"

의외였다. 어떨 땐 〈엑소시스트〉에 나오는 여자아이처럼 섬뜩하고, 의사소통도 전혀 되지 않는 딸아이가 우리와 동일 선상에 있다는 생각은 해본 적도 없었다.

'어쩌면 내가 리카를 너무 이질적인 존재로 치부하고 있었는지도 몰라……'

우리가 '버릇'이라 부르는 행동도 전문용어로는 '자기 자극'이라 부르는 자폐증의 한 특징이다.

"운전 중 신호 대기에 걸렸을 때 코를 긁거나 귀를 파는 행위도 자기 자극이랍니다."

많든 적든 누구라도 자폐증과 관련된 인자를 몇 개는 가지고 있다. 가장 중증인 자폐증을 흑색으로 가장 경증인 일반인을 백색으로 비유할 때, 약간 회색이 되면 과잉 행동이나 커뮤니케이션 장애가 생기고 검정에 더 가까워지면 ADHD나 아스퍼거 증후군이 된다. 일반인과 자폐증 환자는 백에서 흑까지 퍼져 있는 하나의 그러데이션 안에 존재하는 것이다.

교수와 이야기를 나누면서 나는 나의 과거를 떠올렸다.

'생각해보면 나도 어렸을 적엔 별난 아이였어……'

초등학교 시절 나는 수업 중에도 가만히 있지 못하고 뒤돌아 앉아 수다를 떨거나 큰소리로 혼잣말을 하거나 딸각딸각 소리를 내며 의자를 앞뒤로 흔들다 뒤로 넘어져 수업 분위기를 깨는 경우가 많았다.

게다가 툭하면 깜박해서 매일같이 뭔가 준비물을 빼먹고 학교에 갔다. 한편, 시험 성적은 항상 상위권이었다. 시험지를 보면 교과서 어느 쪽에 답과 힌트가 있는지 마치 영상처럼 선명하게 떠올라 만점을 받을 때가 많았다.

이 역시 자폐증을 포함한 발달 장애의 특징으로 설명할 수 있을 것이다. 의자를 앞뒤로 흔드는 버릇은 자폐증 환자에게서 흔히 볼 수 있는 상체를 앞뒤로 흔드는 현상 즉 '자기 자극'이기도 하다. 수업 시간에도 얌전히 있지 못하고 깜박깜박하는 것은 ADHD적 경향이다. 시험 때 교과서를 영상처럼 떠올리는 것은 '직관상 기억'이라고 해서 카메라로 찍은 것처럼 기억할 수 있는 서번트증후군의 한 특징이다. 아동기 중 한때, 뛰어난 영상 기억력을 갖는 아이는 의외로 많다. 다섯 살까지는 훈련을 통해 일시적으로 능력을 향상시킬 수도 있다. (대부분은 열 살 이전에 사라지는 경우가 많은 듯하다. 나 역시 중학생 때는 이미 그런 능력이 사라진 상태였다.)

니시무라 박사가 가르쳐준 질병이나 장애의 기준은 '가능했던 것이 불가능해지며, 사회생활을 할 수 없게 되는 것'이었다. 나는 이상한 아이긴 했지만 사회 활동이 가능했으므로 일반적인(장애가 없는) 인간으로 성장했을 뿐이다. 만약 행동이 좀 더 극단적이어서 학교에 갈 수 없을 정도였다면 특수학교에 다녔을 것이다.


## 스스로 절감한 커뮤니케이션 문제

'자폐증인 사람과 보통 사람이 단절된 게 아니라 일직선상에 있다면 자폐증 치료법은 보통 사람에게도 도움이 되지 않을까?'

나는 이런 생각이 들었다.

"응용행동분석은 보통 사람들에게도 효과가 있나요? 예를 들어 학습 효과를 높이거나 행동을 개선하거나……."

"응용행동분석은 학습 과학이기 때문에 무언가를 배우는 데는 최고의 방법입니다. 물론 보통 성인에게도 효과가 있습니다. 학생은 물론 주부나 사업가 등 누구에게나 말이죠."교수는 말했다. "커뮤니케이션 능력을 향상시킬 수도 있습니다."

"그렇다면 저도 꼭 배워보고 싶군요!"

커뮤니케이션에 문제를 느끼는 사람이 점점 늘어나고 있다. 그건 개인뿐만 아니라 조직도 마찬가지다. 게이단렌経団連[일본의 대표적 재계 단체]이 실시한 설문조사에 따르면 채용 심사에서 기업이 가장 중요시하는 부문 1위는 9년 연속 '커뮤니케이션 능력'이다. 이런 결과는 사내에서 커뮤니케이션 능력이 저하되고 있다는 반증이기도 하다. PC나 이메일 업무가 증가함에 따라 업무가 개별화되면서 요즘은 옆자리에 앉은 사람이 무슨 일을 하는지조차 잘 알지 못한다.

나 역시 커뮤니케이션에 문제를 느끼는데, 다른 사람의 마음을 읽는 능력이 부족하다. 어릴 때부터 그랬고 사회인이 된 지금도 마찬가지다. 그뿐만 아니라 기분조차 내 마음대로 조절하지 못하는 것 같다.

마음속으로는 항상 훌륭한 커뮤니케이터가 되고 싶었다. 하지만 항상 사람을 불쾌하게 만들기 때문에 나 자신을 좋아할 수가 없었다. 나는 항상 입꼬리가 아래로 처져 있는, 유쾌하지 않은 표정으로 살아왔다. 거울 속에는 늘 화를 참고 있는 듯한 표정의 사내가 있었다.

응용행동분석이 사람의 행동을 바꾼다면, 나의 문제 행동을 바꿀 기회다. 타인의 문제 행동까지 적절히 조절할 수 있게 될지도 모른다. 이는 딸아이뿐만 아니라 나 자신의 문제이기도 하다.


  그다음 주, 나와 아내는 어떤 학부모 모임에 참가했다. 거기서 우리
는 우연히 미국에서 응용행동분석 치료사로 활동 중인 한 여성을 만났
다. 나는 큰맘 먹고 그녀에게 부탁했다.
  "우리 집에 오셔서 실연을 한번 해주실 수 있을까요?"
  "곧 귀국해야 하지만…… 잠깐이라도 괜찮으시다면 그러지요." 그녀
는 흔쾌히 수락했다.
  그녀는 우리 집에 들러 딸아이를 잠시 관찰하면서 리카가 말소리에
도 반응하지 않고 손가락으로 가리키지도 못한다는 것을 확인했다.
  그녀는 이렇게 말했다.
  "손가락으로 가리키는 행위는 아주 중요한 기술이에요. 오늘은 손가
락으로 가리키는 기술을 습득하는 실연을 해보도록 하죠."
  젖먹이나 유아가 흥미가 느껴지는 뭔가를 향해 검지를 쭉 뻗는 '손
가락 지시'는 일반적인 발달 과정에 있는 아이라면 대부분 한 살까지는
획득한다.
  치료사는 딸의 손을 잡더니 주먹을 쥐도록 했다. 그리고 검지만 펴
서 손가락으로 뭔가를 가리키는 모양을 만들었다. 그리고 딸의 손가락
을 잡아끌면서 미리 준비해둔 과자 봉지를 가리키도록 했다. 다음은 얼
른 과자 봉지에서 젤리를 꺼내 딸아이에게 건넸다. 이 동작을 열 번 반
복했다.
  처음에는 치료사가 딸아이의 검지를 잡고 펴서 모양을 만들어주어

야 했지만, 몇 번 반복하는 사이에 리카는 혼자 힘으로 손가락을 펴서 사물을 가리킬 수 있게 되었다. 시간 관계상 실연은 거기까지였다.

나는 실연 과정에서 별다른 감명을 받지 못했다. 뭔가를 가리키는 훈련이 대체 무엇에 도움이 된다는 말인가.

이것이 응용행동분석이란 말인가. 기대했던 것보다 별거 아니라는 생각이 들었다.


## 처음으로 느낀 감동

그날 밤, 나는 호빵맨 그림책을 가지고 딸아이 방으로 가서 여러 가지 캐릭터가 그려진 페이지를 펼쳤다.

우리 부부는 리카가 알아주든 무시하든 자주 그림책을 읽어주었다. 하지만 아무리 열심히 읽어줘도 우리 목소리는 딸아이한테까지 미치지 않았다. 그래도 어쩌면…… 언젠가는 반응할지도 모르지 않는가.

리카는 호빵맨 캐릭터들을 좋아했다. 호빵맨에는 주인공인 호빵맨 외에도 메론빵과 식빵맨 그리고 라이벌인 세균맨과 짤랑이 등 다양한 캐릭터가 등장한다. 이 캐릭터들이 텔레비전 화면에 나오면 리카는 좋아서 껑충껑충 뛰었다.

딸과 함께 호빵맨을 보면서 나도 호빵맨이 좋아졌다. 주제가 노랫말을 잘 들어보면 의외로 깊이가 있다.

그래, 기쁜 거란다

산다는 기쁨

비록 마음에 상처를 입어도

무엇을 위해 태어나

무엇을 하며 사는가

대답할 수 없다면

그건 싫어!

야나세 다카시 작사, 〈호빵맨 행진곡〉

……그 질문은 마치 내 인생에 던져진 질문 같았다.

그때, 왜 그런 걸 시도했을까? 평소처럼 그림책을 읽어주는 것만으로는 뭔가 불안했다. 소용없다는 걸 알면서도 딸아이에게 물어보고 싶었다.

'리카가 가장 좋아하는 캐릭터가 뭘까?'

리카는 영웅인 호빵맨보다 적인 세균맨이 등장했을 때 더 좋아하는 것 같았다.

그림책을 펼쳐 놓고 딸아이에게 물었다.

"어떤 게 세균맨이야?"

그래, 무슨 일이 일어나겠어. 평소처럼 딸아이는 나와 눈도 마주치지 않았고, 나라는 존재는 전혀 안중에 없었다.

그때였다.

딸아이는 무표정한 상태로 세균맨을 가리켰다.

"말이…… 통했다."

맥박이 빨라지는 걸 느꼈다. 목구멍이 꽉 막히면서 목소리가 나오지 않았다. 감동이라는 게 바로 이런 거라고 느꼈다.

동시에 두려워졌다. 이 감동이 착각이라면? 지금은 우연이었을 뿐 이게 처음이자 마지막인 건 아닐까? 거의 확신에 가까웠다. 오늘 점심 때 잠깐 지시하는 훈련을 했다고 이렇게 쉽게 결과가 나올 리는 없어. 이상하게 들릴지도 모르지만 지금 딸아이의 행동은 내 착각이기를 바라는 마음도 있었다.

기대하지 마. 기대했다가 착각이면 그 실망감을 견딜 수 없을 거야. 꿈이라면 빨래 깨야 해.

하지만 용기를 내어 다시 한 번 딸에게 '말'로 물었다.

"어떤 게 세균맨이야?"

리카는 세균맨 캐릭터를 가리켰다.

꿈이 아니다!

태어나서 지금까지 3년 동안, 한 번도 손가락으로 뭔가를 가리킨 적도 없고 사람의 말소리에 반응한 적도 없던 아이가 몇 시간 전에 배운 걸 제대로 활용하고 있었다.

"메론빵은 어떤 거야?"

이번에도 정확하게 가리켰다.

"해골맨은?"

또 맞췄다.

귓전에 대고 큰 소리로 말해도 얼굴색 하나 변하지 않던 딸아이는,

어쩌면 사람의 목소리 주파수만 선택적으로 들리지 않는 미지의 병에 걸린 걸지도 모른다고 생각했다. 그런데 말소리를 듣는다. 사람의 말소리가 들리는 것이다!

언젠가는 말소리에 반응해주길, 하고 나는 기도해왔다. 그 첫 순간이 '아빠'도 아니고 '엄마'도 아닌 '세균맨'일 줄이야……. 무척이나 유쾌한 기분이 들었다. 개성적이고 재미있지 않은가!

딸아이의 성장 그래프는 한 살 이후부터 줄곧 하향 곡선이었다. 하지만 그날 밤 처음으로 하향 곡선을 위로 꺾는 데 성공했다. 불가능하던 것이 가능해졌다는 것은 감동과 신비의 순간을 느끼게 한다. 이걸 '성장'이라 부른다면 나도 아내도 그리고 딸아이도, 한동안 '성장'을 잊고 살았다.

이제 망설이지 않을 것이다. 비용은 문제가 아니다. 내가 가진 모든 것을 걸고 리카에게 응용행동분석 치료를 받게 하자.

7장
# 과학적 학습

그해 말, 다섯 명의 대학원생으로 구성된 팀이 꾸려졌다. 한 명 혹은 두 명씩 우리 집을 방문하여 최대 주 40시간, 딸아이가 초등학교에 입학하기 전까지 3년 동안 훈련하기로 했다. 학습 메뉴는 '언어 개념' '색 개념' '소리와 말의 연계' '단어' '문장' '옷 갈아입기 등 일상생활 기술' '가족 개념' '감정' '표정' '놀이'…… 즉, 모든 것이다.

　지금의 딸아이는 어떤 명령어도 입력되지 않은 컴퓨터 같은 상태다. 아무것도 하지 못하고 아무 말도 하지 못한다. 이런 아이한테 뭔가를 가르친다는 것은 교육이라기보다는 인공지능을 개발하는 수준이었다.

　"아이한테 그렇게 오랜 기간 공부를 시키다니 불쌍하네요. 아이는 자연스럽게 놀게 놔두면 저절로 자라게 되어 있어요."

　딸아이가 받게 될 훈련에 대해 듣고는 이렇게 충고하는 사람도 있었다.

　아이들이 저절로 자란다는 건 분명한 사실이다. 아이는 부모가 없어도 자란다는 말이 있는데, 맞는 말이라고 생각한다. 학습 능력이 없는 딸을 보고 있노라면 평범한 아이들이 얼마나 '스스로의 힘'으로 성장하고 있는지 누구보다 절감하게 된다.

신기하게도 연구팀 멤버들은 모두 선남선녀들이었다. 표정, 태도 등이 하나같이 매력적이었다. 그러고 보니 교수한테서도 왠지 광채가 나는 것 같았다.

'이유가 뭐지? 왜일까?'

당시에는 신기하다고만 생각했다. 내가 그 이유를 깨달은 건 모든 훈련 과정이 끝난 뒤였다. 딸아이와 태평양 한복판에 있게 된 그 순간에.


## 인간의 행동 원리

"훈련을 시작하기 전에 공부방을 만들겠습니다."

현장에서 연구팀을 감독하는 야마모토 선생은 사전 조사 당시 우리 집의 모든 방을 둘러보았다. 나카노 교수의 뒤를 이어 로바스 박사 밑에서 유학을 마치고 일본에 갓 돌아온 그는 말씨가 부드럽고 예의 바르면서도 연구 지식과 임상 경험이 풍부한 청년이었다.

"지금 상태에서는 어려운가요?" 의아하게 생각한 나는 질문을 했다. 딸아이의 방이 있다는 건 이미 봐서 알 터였다.

"아이들은 산만해지기 쉽습니다. 예를 들어 이 책상……." 그는 아이 방에 있는 무당벌레처럼 빨간 바탕에 까만 점이 있는 책상을 가리키며 말했다. "아버님은 괜찮으실지 모르지만 리카는 이런 화려한 색이나 모양에 눈이 가기 쉽습니다."

"넓이는 가로세로 50센티미터 정도로 해주세요."

나는 메모를 했다.

"책상 높이는 의자에 맞춰주시고, 의자 높이는 아이의 발바닥이 바닥에 닿을 정도로 하셔야 합니다."

"다른 건요?"

"과제로 사용할 완구나 교재를 수납할 수납장이 필요합니다."

"수수한 색으로 고르면 될까요?"

"수납 가구는 안이 보이지 않도록 문이 달린 걸로 해주세요. 문이 없다면 커튼을 쳐주시고요."

"크기는요?"

"가능한 한 큰 걸로 부탁합니다. 교재가 많아요. 과제를 할 때는 다른 교재는 모두 수납장에 넣어 산만해지지 않도록 해야 합니다."

"언제까지 준비해야 하나요?"

"한 달 후인 1월 24일부터 훈련을 시작하겠습니다. 그때까지요."

"더 준비할 건 없나요?"

"아이가 좋아할 만한 상을 스무 개 골라 목록을 작성해주세요. 먹는 것, 음료수, 장난감 같은 것 외에 안아주기나 간지럼 태우기 같은 동작도 아이가 좋아하는 거라면 뭐든 좋습니다. 목록이 완성되면 내용물을 갖춰주시고요."

"왜죠?"

"'강화'하기 위해서입니다."

모든 사람이 자유의사에 따라 행동하는 것처럼 생각하기 쉽지만 어떤 행동 패턴으로 인해 '움직여지는' 경우가 있다. 예를 들어 자판기에서 음료수를 뽑았는데 우연히 거스름돈이 많이 나왔다면 다음에 자판기에서 뭔가를 살 때 혹시 동전이 더 많이 나오지는 않았나 확인하게 된다. 혹은 무의식중에 같은 자판기를 선택하기도 한다.

어렸을 때는 시험에서 좋은 점수를 받아 선생님께 칭찬을 받으면 다음 시험도 잘 보기 위해 노력한다.

'어떤 행동 직후에 기분 좋은 일이 생기면 그 행동을 반복한다.' 이것이 인간의 행동을 배후에서 조종하는 행동 원리다. 그걸 실험으로 증명한 인물이 전 세계적으로 유명한 심리학자 중 한 명인 B. F. 스키너 박사다.

이 행동 원리를 구사하여 다양한 상황에서 효율적인 학습이나 행동 수정 혹은 획득을 가능하게 한 것이 응용행동분석이다. 아주 단순한 방법이지만 마법 같은 효과가 있다. 극단적으로 단순히 말하자면 '상을 주는 것'만으로 인간관계에 기적을 불러일으킨다.

행동분석학에서는 이를 '강화reinforcement'라고 한다. 강화를 충분히 활용하면 사람을 생각대로 움직이게 할 수도 있다.


## '같은 장소에서는 같은 행동'이라는 원칙

날이 저물었다. 차가운 겨울비가 내리는 창밖으로 거대한 도시의 화려한 대형 네온 광고가 아른거린다. 그때까지 리카 방의 한 벽면에는 나와 아내의 추억이 담긴 사진들이 액자 속에서 웃고 있었다.

우리는 믿을 수 없는 것들을 보아왔다. 밤의 사막에서 스핑크스의 어깨를 스치며 빛나는 레이저 광선. 해 질 녘 피렌체 아르노 강 위를 가로지르는 베키오 다리의 창틈으로 비치는 등불. 그런 기억도 모두 시간과 함께 사라져갔다. 빗속의 눈물처럼. 새로운 인생을 시작할 때가 왔다. 사진은 모두 치웠다. 벽은 모두 단순하고 자극이 적은 옅은 파란색으로 바꿨다.

공부방은 빨강이나 초록 같은 시선을 끄는 자극적인 색이 배제된 북유럽 호텔 객실처럼 절제된 색감의 심플한 공간이 되었다. 수납 가구들 외에 작은 책상과 작은 의자 한 개. 그리고 훈련을 담당할 선생님이 앉을 약간 큼직한 의자가 하나 있을 뿐이었다.

이렇게 공부방의 분위기를 만드는 데는 두 가지 의미가 있다.

하나는 아이가 산만해질 만한 요인을 가능한 한 배제하기 위해서다.

또 하나는 '공부하는 장소에서는 공부 이외의 것을 해서는 안 된다'는 학습 원리를 살리기 위해서이다.

미국 어느 대학에서 성적이 나쁜 학생의 성적을 단기간에 끌어올리는 실험을 했다. 우선 학생에게 일정표를 만들도록 했다. 그들은 하루에 한 시간 정도는 반드시 자유 시간이 있다는 걸 알고 있었다. 실험은 그 한 시간을 이용해 이루어졌다. 학생에게 매일 도서관의 같은 장소에 가서 가장 자신 없는 교재로 한 시간씩 공부하도록 했다.

이 실험에 적용된 규칙은 아주 간단했다.

"이곳에서는 이 교재를 공부하는 것 외의 행동은 허용되지 않는다."

단지, 그것뿐이었다.

한 시간으로 공부 시간이 설정되어 있지만 한 시간 내내 공부할 필요는 없었다. 지겹거나 집중력이 떨어지면 빨리 도서관 밖으로 나가야 한다. 한쪽만 읽어도 괜찮다. 이 단순한 규칙을 지켰을 뿐인데, 실험에 참가한 모든 학생의 성적이 크게 향상되었다.

'같은 장소에서 같은 행동'을 하는 방법은 공부의 효율성을 높이는 것 외에 불면증 치료에도 이용된다. 잠자리에 들면 온갖 고민이 떠올라 잠들기 어렵다고 토로하는 한 남성에게는 대학의 학습 실험을 응용해 다음과 같은 지시가 내려졌다.

- 잠이 올 때까지 침대로 가지 않는다.
- 잠자리에 들면 텔레비전을 보는 등 다른 행동은 하지 않는다.
- 몇 분이 지나도 잠이 오지 않으면 일어나 다른 방으로 간다.
- 다시 잠이 올 때까지 침대로 돌아가지 않는다.

처음에는 몇 번이나 침대에서 일어나 다른 방으로 가야 했던 이 남성은 몇 주 후에는 잠자리에 들면 바로 잠이 들게 되었다.

어떤 행동의 효율을 높이고 싶다면 그 행동을 하는 장소를 지정하는 것이 효율적이다. 우리는 딸아이가 훈련 시간 외에는 공부방에 들어가지 못하도록 했다. 그리고 훈련 중 오래 휴식 시간을 갖게 되면 반드시 거실에 나와 놀도록 했다.

이전의 나는 중증 '멀티족'이었다. 텔레비전을 보면서 인터넷 화면을 보고, 라디오를 들으면서 일도 하고 공부도 했다. 그래도 상관없다고 생각했다. 하지만 정말 하고 싶은 일이 생기자 그 방법은 통하지 않았다. 시작하겠다는 마음을 먹기도 어려웠다.

그래서 '장소를 지정하고 다른 목적으로는 사용하지 않는다'는 학습 원리를 나 자신에게 적용해봤다. 매일 아침 같은 커피숍에 가서 일을 했다. 처음에는 일이 손에 잡히지 않았다. 십 분도 집중하지 못하고 자리에서 일어섰다. 하지만 일주일이 지나자 삼십 분은 집중할 수 있게 되었다. 그리고 결국 한 시간은 집중할 수 있는 시간을 만들 수 있었다. 그 일이란, 시작은 했지만 몇 달이나 한 줄도 쓰지 못하고 내버려두었던, 이 책을 쓰는 일이었다. 2주일 후에는 원고의 형태가 완성되어 있었다.

이 학습 규칙은 '공부하는 습관을 기르고 싶을 때'나 '집중력을 키우고 싶을 때' 즉각 응용할 수 있다. 아이나 어른 모두에게 효과가 있으며 단기간에 성과를 올릴 수 있다. 공부방을 만들지 않아도 거실 한구석, 도서관, 카페 등 정소만 정한다면 어디서든 시작할 수 있다.

집중력을 높이고, 행동하는 습관을
익히는 두 가지 요령

1. 일정한 장소를 지정한다.
2. 그 장소에서는 그 행동 이외의 것을 해서는 안 된다.
   아이가 싫증을 내면 바로 그 자리를 떠난다.

## 관찰하고 자세히 기록하다

훈련 때 딸아이에게 '상'으로 줄 것을 정하기 위해 나와 아내는 '아이가 좋아할 만한 것을 스무 개 골라 목록을 작성하기'라는 숙제를 시작했다.

"사탕, 주스, 발바닥 간지럼 태우기……. 그리고 또 뭘 좋아했지?" 딸아이가 좋아하는 거라면 스무 개 정도는 술술 읊을 줄 알았는데 막상 이야기하려니 세 개에서 말문이 막히고 말았다.

"안아 올려서 빙글빙글 돌려주기, 목말 타기, 입체 그림책, 건전지, 비눗방울, 호빵맨 그림책……." 아내가 몇 개를 더 이야기했지만 채 열 개도 되지 않았다.

"이상하네. 리카에 대해서는 모든 걸 다 안다고 생각했는데." 의외였다. 우리는 의식적으로 관찰하기로 했다. 머릿속으로 생각하지 말고 직접 리카를 관찰하면서 리카가 좋아하는 걸 발견하면 기록하기로 했다.

전기를 넣으면 빙글빙글 돌며 빛이 나는 자동차, 만화경, 미키마우스 목소리가 나오는 피규어, 젤리, 작은 자석, 번쩍 들어 안아 올려주기, 쿠키, 풍선, 사진, 잠자기…….

다시 관찰하면서 목록을 만드는 과정에서 딸아이가 좋아하는 게 많이 보였다. 기록을 하다 보니 보면서도 눈에 들어오지 않았던 게 많았음을 알게 된 것이다. 목적을 가지고 관찰하고 기록하면 반드시 새로운 발견이 있다.

이렇게 해서 처음으로 스무 개의 상 목록을 만들었을 때, 연구팀 선생들이 말했다.

"처음에는 이 정도만 있어도 괜찮습니다."

"이렇게 많은데 더 필요한가요?" 내가 놀라서 물었다.

하지만 선생의 말대로 훈련이 진행됨에 따라 상 목록은 점점 늘어났고 새로운 것으로 바뀌어갔다. 처음에 작성한 것들은 훈련이 진행되면서 더는 상이 아니게 되었다. 사람은 싫증을 내는 법이니까.

나와 아내는 휴일에는 대형 완구점이나 문구점에 가서 딸아이가 좋아할 만한 작은 물건들을 찾아다녔다. 이제 장난감은 당장에라도 완구점을 열 수 있을 정도로 방에 가득했다.

"목록에 '칭찬'도 추가합시다." 야마모토 선생이 제안했다.

"딸아이는 자기가 칭찬받는 건지 뭔지 모르는데요." 내가 반대 의견을 이야기했다.

"리카는 칭찬을 받으면 기뻐한답니다." 선생은 자신감에 넘치는 어조로 말했다. "만약 리카가 칭찬받고 기뻐한 적이 없다면 아버님께서는 아직 '진정한 칭찬법'을 모르시는 거예요." 야마모토 선생이 설명했다.

"감정을 실어서 마치 배우가 된 것처럼, 그렇게 칭찬해주세요."


## 앉기 성공

리카가 누군가의 지시에 따라 자발적으로 의자에 앉는 건 애초에 불가능할 거로 생각했다. 하지만 필요한 시간만큼 의자에 앉아 있는 것은 외식할 때 등 생활에 도움이 되는 기술이며, 언젠가 학교에 갈 나이가 되면 수업 시간에 자기 자리에 앉아 있는 기본적인 행동과 직결된다. 부디 성공하기를…….

하지만 어떻게 해야 성공할 수 있을까?

연구팀 선생은 일단 딸아이와 60센티미터 정도 떨어져 마주 앉았다.

처음에는 리카를 의자에 앉히지 않고, 그 자리에서 움직이지 못하도록 가만히 두 손을 모으고 의자 앞에 서 있도록 했다.

그다음 선생은 상당히 단호한 어조로 말했다.

"앉아!"

그 단호함에 나까지 그 자리에 주저앉을 뻔했다. 목소리에서는 옆에 있는 어른까지도 지시대로 움직이게 할 듯한 에너지가 느껴졌다.

선생은 앉으라는 말과 동시에 딸아이의 어깨를 지그시 누르며 의자에 앉혔다.

그리고 딸아이를 아주 크게 칭찬했다.

"그렇지! 아주 잘했어!"

평범하고 적당한 칭찬이 아니었다. 말소리에 담긴 그 힘은 정말 대단했다.

이게 '진정한 칭찬법'이구나 싶었다.

처음 보는 사람은 아마 무슨 칭찬을 저렇게 박력 있게 하나 싶어 놀랄 것이다. 선생의 칭찬은 에너지로 가득했다. 그 무렵, 회사에서 아무 생각 없이 잡지를 넘기다가 거기에도 '진정한 칭찬법'이 실려 있어 깜짝 놀란 적도 있다.

딸아이는 소리를 내며 무척 기뻐했다.

선생은 한동안 리카를 의자에 앉혀두더니, "이제 일어나도 돼"라고 말하며 딸아이를 해방해주었다.

그리고 잠시 후, 다시 리카를 의자 쪽으로 불렀다.

그러고는 다시 단호한 목소리로 지시했다.

"앉아!"

어깨에 손을 얹고 딸을 의자에 앉혔다.

선생은 "잘했어!"라는 칭찬과 함께 리카를 높이 안아 올려 비행기를 태워주었다. 리카도 기뻐했다.

1분에 1, 2회 정도 이렇게 반복했다. 의자에 앉아 있는 동안에는 마음대로 일어나지 못하도록 어깨에 손을 얹으며 착석 시간을 조금씩 늘려나갔다. 이렇게 몇 차례 반복하는 동안 드디어 딸아이는 앉아 있는 동안 어깨에 손을 얹지 않아도 혼자 10초 정도는 앉아 있을 수 있게 되었다.


## 생명 유지와 직결되는 기술의 습득

첫날 끝 무렵에는 "이리 와" 하고 부르면 부른 사람한테 가는 과제도 시작했다. 아마 이 과제는 의자에 앉히는 것보다 더 어려울 것이다. 딸아이는 항상 산만한 상태고 멀찍이서 불러본들 눈이 마주친 적도 없고 뒤돌아본 적도 없었다.

리카는 사과 농장에서 벌어졌던 도주극처럼 느닷없이 뛰쳐나가는 일이 종종 있었다. 어느 날은 깜박하고 현관문 잠그는 걸 잊었다. 현관에는 센서가 있어서 문이 열리면 차임벨이 울리도록 해두었는데, 사람이 있을 리 없는 현관에서 차임벨이 울렸다. 나는 그때 거실에서 책을 읽고 있었다.

"리카!"

현관 밖으로 뛰어나갔다. 엘리베이터에 도착하니 숫자 램프가 이미 아래층으로 내려가고 있었다. 비상계단으로 1층 로비까지 뛰어 내려갔다. 하지만 이미 멈춰 선 엘리베이터 안에는 아무도 없었다. 정신없이 큰길까지 달렸다. 그때 20미터 정도 앞에 뛰어가고 있는 딸아이의 뒷모습이 보였다.

"이리 와!" 하고 불렀지만 딸아이는 옆도 돌아보지 않고 상체를 약간 굽힌 듯한 처음 보는 자세로, 전속력으로 내달리고 있었다.

리카는 평소에는 동작이 흐느적거리며 똑바로 걷지 못한다. 어린이집 운동회 때는 선생님이 잡아주어도 몸을 계속 움직이며 제대로 달리려고 하지 않는다. 그런데 지금은 완벽한 자세로 달리고 있다. 한시라도 빨리 아이를 붙잡아야 하는 심각한 상황인데도 딸아이가 진지하게 달리는 모습에 '많이 컸구나' 하는 생각이 들며 나도 모르게 미소가 지어졌다. 사과 농장에서 추격전을 펼쳤을 때는 뒤뚱거리며 달리더니…… 지금은 이렇게 제대로 달리고 있다.

신호등 앞에서 리카를 잡았다. 리카는 '왜 잡았어요? 모처럼 신 나게 달리고 있는데'라고 말하는 듯한 불만스러운 표정이었다. 전혀 상황 파악이 안 되는 표정을 보니 맥이 빠지면서 헛웃음이 났다. 리카는 신체적으로 성장하면서 도망치는 속도도 빨라지고 있었다. 오늘은 웃으며 이야기할 수 있지만 어쩌면 다음에는 웃지 못할 사태가 벌어질지도 모른다. 언제 그런 일이 일어날지 모른다.

만약 리카가 "이리 와!"라는 지시어를 듣고 나한테 올 수 있게 된다면 위험 예측 능력이 없는 그 아이한테는 생명 유지와 직결되는 기술을 익힌 것이 된다. 실제로 지시어에 대한 이해와 위험에 대한 인지 능력의 부재로 베란다나 옥상 난간에서 떨어지는 자폐아도 적지 않다.

"이리 와!" 하고 부르면 그곳으로 가는 기술을 가르치기 위해 선생은 나를 의자에 앉혔다. 그리고 리카를 맞은편 의자에 앉히더니 나를 향해 이렇게 말했다.

"'이리 와!'라고 또박또박 말하면서 동시에 팔을 크게 벌리세요."

나는 선생이 했던 것처럼 크고 단호한 어조로 말했다.

"이리 와!"

그 순간, 나는 두 팔을 크게 벌렸다.

선생은 바로 딸아이의 등에 손을 대더니 내 쪽으로 살짝 밀었다. 리카는 스르륵 내 품으로 들어왔다.

"와! 잘했어!"

선생은 나도 깜짝 놀랄 정도로 크게 기뻐하며 딸아이를 칭찬했다.

칭찬을 받은 건 딸아이뿐만이 아니었다. 나도 칭찬을 받은 듯한 기분이었다.

일반 가정에서는 어른이 "이리 오렴" 하고 두 팔을 벌리면 아이가 달려와 안기는 게 지극히 당연한 풍경일 것이다. 하지만 나로서는 오랫동안 잊고 지냈던 체험이었다.

"이리 와!"라고 말하며 팔을 벌리니 자식이 내 품으로 들어온다.

이런 평범한 일이 이렇게 감동적일 줄이야!

8장

사람을 움직이는 세 가지 규칙

응용행동분석을 이용한 훈련에서는 과학적 증거나 기록이 중요시되며 전문적인 심리학 용어와 수식까지 동원되지만 결론적으로는 이를 세 가지로 요약할 수 있을 것 같다. 이 세 가지 규칙만 지키면 인간의 행동은 좋은 방향으로 바꿀 수 있다. 타인도 변화시킬 수 있고 나도 변할 수 있다.

리카의 훈련은 자폐 아동을 '위한' 훈련이라기보다 인간의 본질을 자극하는 것이며, 그 방법론은 나의 일과 생활에도 큰 도움이 되었다. 지금부터 잠시 리카의 훈련 과정과 성과를 여러분과 공유하고자 한다.

훈련 첫날부터 모든 과제는 모두 같은 규칙에 따라 이루어졌다. 그 규칙이란 게 단순해서 고작 세 개뿐이다. 하지만 이 간단한 세 가지 규칙은 사람의 행동과 습관을 강력하게 제어할 수 있다.

## 지시는 분명하고 명확하게

모든 지시는 분명하고 명확하게 함으로써 전달 효과가 커진다. 딸아이의 훈련이 시작된 후 나와 아내가 리카에게 사용하는 말투가 바뀌었다.

"리카야, 부탁이니까 제발 앉아라."

"자, 이제 앉을까?"

"리카는 똑똑하니까 앉을 수 있지?"

지금까지는 이런 식으로 장황하게 말해왔다. 쓸데없이 유아용 말을 많이 사용했고 불필요한 단어가 많았다. 그에 반해 연구팀 선생들은 리카에게 과제를 낼 때 최소한의 짧은 말을 사용했다.

"앉아!"

"이리 와!"

선생들은 아이의 이름도 부르지 않았다.

'리카야, 앉아'가 아니라 단순히 '앉아'라고 지시했다.

아이의 이름은 아무리 많이 불러도 달성해야 할 과제와는 관계없다. 관계없는 것은 최대한 생략하고 필요한 지시만 전달했다.

개를 훈련할 때도 "앉아!"라고 짧게 명령한다. 이때 "있잖아, 귀여운 멍멍아, 착하지? 앉아볼까? 부탁이야"라고 한다면 개는 주인이 자기한테 무슨 명령을 하고 있는지 헷갈릴 것이다. 하지만 한마디로 "앉아!"라고 한다면 훨씬 이해하기 쉬울 것이다. 이건 사람도 마찬가지다.

우리 부부는 지금까지 각자 다른 지시어를 사용해왔다. 내가 "자, 앉자"라고 말하면 아내는 "의자에 앉을까"라고 하는 등 사용하는 말이 각기 달랐다. 우리는 앞으로 리카에게 어떤 특정 행동을 요구할 때는 같은 말을 사용하기로 했다. 나와 아내, 선생들은 지시할 때 사용할 말을 정했고, 딸아이한테는 같은 단어나 문장을 사용했다. 앉도록 할 때는 모두 "앉아!"라는 말을 사용해 지시했다.

자폐 아동은 눈도 보이지 않고 귀도 들리지 않는 것처럼 행동하는 특징이 있다. 바로 코앞에서 크게 손뼉을 쳐도 꼼짝도 안 하던 아이가 저 멀리서 희미하게라도 자기가 좋아하는 음악이 들려오면 깡총거리며 그쪽으로 달려간다. 그런가 하면 어른들 눈에는 보이지 않는 솜 먼지에 집착하며 온종일 그것만 바라보기도 한다. 자폐 아동은 주목하는 포인트가 보통 사람과 다르고 항상 주의가 산만하다.

사람의 시각이나 청각은 수많은 정보를 입수하는데, 그중에서 무엇에 주목할지는 뇌가 취사선택한다. 예를 들어 바나나와 사과가 동시에 눈에 들어왔을 때 바나나에 주목하면 사과는 이제 필요 없는 정보가 되어 버림을 받는다.

'칵테일 파티 효과'는 파티장처럼 시끌벅적한 곳에서도 자기가 듣고 싶은 이야기나 자기 이름은 들린다는 선택적 주의의 대표적인 예다. 만약 그런 기능이 없다면 모든 정보가 같은 크기로 뇌에 들어와 혼란스러울 테고 일상이 아마 혼잡한 파티장처럼 될지도 모른다.

정보가 시각이나 청각을 통해 들어올 때, 한꺼번에 쏟아져 들어오기 때문에 자폐증 환자는 시끌시끌한 파티장처럼 항상 혼잡한 상태에 있는 것과 마찬가지라는 설이 있다. 시끄럽다는 듯 항상 손으로 귀를 막고 있는 자폐증 환아도 종종 볼 수 있다.

그런 시끌시끌한 자폐증 세계에 살고 있는 리카에게 말을 확실하게 전달하기 위해서는 짧고, 분명하게, 같은 내용의 지시는 같은 어휘를 사용해서 할 필요가 있다.

이는 자폐아뿐만 아니라 일반 성인에게도 효과가 있다.

시끌벅적한 환경 하면 파티장 외에 식당도 떠오른다. 우리는 상대를 배려해 직설적으로 말하지 않고 돌려서 표현하는 경향이 있다.

"저, 바쁘신데 죄송하지만 물 한 잔 더 갖다 주실 수 있을까요?"

이렇게까지 말했는데 종업원이 물을 가져다주지 않는다. 하지만 식당이 손님으로 붐비는 시간이라면 선뜻 불만을 제기하기가 어렵다. 만약 급하다면 분명한 어조로 짧게 말하는 게 옳은 방법이다.

"물 좀 주세요."

나는 발음이 나쁘고 목소리가 탁한 편이라 전에는 무언가를 요청했을 때 "네? 뭐라고요? 다시 한 번 말해 주세요"라고 되묻는 사람들이

사람을 움직이는 규칙 ①
지시는 분명하게

1. 짧고 간결하게 한다.
2. 상대의 눈을 보며 이야기하면 더욱 효과적이다.
3. 단호한 어조로 말한다.

많았다. 하지만 딸아이를 훈련하는 과정을 통해 나도 모르게 분명하고 명확히 말하는 태도가 몸에 배었나 보다. 전에는 식당에서 종업원이 내 말을 못 들은 척하거나 주문을 잘못 받는 경우가 종종 있었는데, 지금은 아무리 멀리 있어도 내가 부르면 한 번에 알아듣고, 주문을 잘못 받는 일도 없어졌다.


## 실패를 경험시키지 마라

딸아이는 말을 모르기 때문에 처음에는 "앉아!"라고 해도 당연히 아무런 반응이 없었다. "앉아!"라는 지시는 자동차 경적 소리나 개 짖는 소리와 구분되지 않는 그저 '소리'에 불과할 뿐이었다.

그렇다면 어떻게 지시에 따라 앉을 수 있게 된 걸까?

그 비밀은 정답으로 유도하는 보조 방법 즉 '촉진'에 있었다.

앉는 훈련을 할 때, 선생은 "앉아!"라고 말하는 순간 딸아이의 어깨를 지그시 눌러 의자에 앉혔다. 이를 응용행동분석에서는 촉진prompting이라고 한다.

촉진에는, 정답으로 유도하기 위해 약간의 힌트를 제공하는 수준부터 손동작 발동작 하나하나의 움직임을 도와주는 수준까지 다양한 단계와 방법이 있다. 촉진하는 이유는 실패를 경험시키지 않도록 하기 위해서다. 정답률을 최대한 끌어올리고 실패율을 최소화할 수 있다.

지시하는 즉시 촉진을 해야 한다. 그렇게 함으로써 리카는 말을 몰라도 정답(의자에 앉기)을 맞출 수 있다. 처음부터 실패 없이 정답으로 유도하는 촉진은 학습 효율을 높이며, '실수 없는 학습'이라 불린다. 늘 실수투성이인 아이가 이 실수 없는 학습을 배우면 아마 그 아이의 세계관은 완전히 달라질 것이다.

나는 취업 준비를 하면서 정말 많은 고생을 했다. 중복 지원까지 포함해 3백 군데가 넘는 회사에서 시험을 쳤는데, 지금 생각해보면 가장 큰 실패 원인은 '지난번에도 합격하지 못했다는 실패에 대한 기억'이었다.

실패 경험은 또 다른 실패를 불러온다.

그 악순환을 끊은 건, 어느 시점에서 연속해서 시험에 성공했을 때였다. 한 번 성공했다는 그 작은 기억 덕분에 잇따라 입사시험에 합격했던 것 같다. 비즈니스도 마찬가지다. 실패를 거듭하며 고생한 사람보다는 실패를 경험하지 않은 사람이 속도감 있게 다음 성공을 쟁취한다는 게 아마 나만의 생각은 아닐 것이다.

어느 유명한 사법시험 강사는 이렇게 말했다. "문제집은 푸는 게 아니다. 답을 보고 암기하는 것이다." 문제집을 풀다 보면 꼭 틀리기 마련이다. 그러면 틀린 답을 외우게 될 가능성이 있다. 그렇다면 처음부터 답을 보고, 올바른 답을 외우면 어떨까? 사법시험은 일본에서도 가장 어려운 시험으로 유명한데, 그 강사 역시 단번에 합격했고 같은 방법으로 많은 합격자를 배출했다.

이렇게 촉진이라는 방법을 써나가다가 차츰 줄여 최종적으로는 촉진 없이 정답에 도달하게 한다.

예를 들어 자전거 타는 법을 가르칠 때, 처음에는 양쪽에 보조 바퀴를 달고, 다음은 한쪽 보조 바퀴를 떼고, 그다음은 양쪽을 다 뗀 다음 손으로 잡아주면서 달리도록 한다. 그리고 마지막에는 손까지 떼고 아무런 도움 없이 달리도록 하는 것과 같다.

갑자기 손을 떼고 혼자 달리게 하면 자꾸 넘어지면서 자전거가 싫어지므로 단계적으로 보조 수단을 제거하는 것이다. 촉진을 제거해나가는 방법은 자전거를 배우는 과정과 같다.

가끔 촉진을 생략해본다. 정말 스스로의 힘으로 정답에 다다를 수 있는지 없는지 확인하고 실패율이 25퍼센트 이하가 될 때까지 촉진을 지속한다.

'문제 해결'은 비즈니스 현장에서 자주 사용하는 말이다. 하지만 애초에 '문제'가 일어나지 않는다면 '해결'할 필요도 없지 않을까? 문제가 일어나지 않도록 처음부터 촉진해주면 비즈니스의 생산성 혹은 자녀

사람을 움직이는 규칙 ②
## 실패를 경험시키지 마라

1. 지시를 하는 동시에 도와주어라.
2. 행동으로 보여주고 말로 들려주고 직접 해보도록 하라.
3. 도움은 점차 줄여라.
4. 실패해도 화내지 말아라.

의 입시 공부 성과는 압도적으로 달라질 것이다.

행동 분석의 시조인 스키너 박사도 에러리스 러닝errorless learning을 중요시했는데, 학습의 효율을 올리기 위해서는 학생이 실패를 경험하는 커리큘럼은 피해야 한다고 생각했다. 실패로 인해 학생이 '강화'를 받아들이지 못하게 되는 상황을 위험시했던 것이다.


## 강화는 신속할수록 좋다

강화란 단순히 말하면 '잘했을 때 상을 주는 것'이라 할 수 있다. 이 지극히 단순한 과정이 사람의 행동을 제어하는 데 가장 효과적이다.

야마모토 선생은 "칭찬받을 행동을 하면 상은 그 행동 직후에 주십시오"라고 했다.

"직후라는 게 어느 정도 후를 말하는 건가요?"

"동물 실험에서는 어떤 행동 후 60초 이내에 상을 주지 않으면 그 행동을 강화할 수 없다는 보고가 있습니다."

"생각해보니 어른들도 그러네요. 어떤 칭찬받을 만한 행동을 했는데, 1분 이상 반응이 없으면 어색했던 것 같아요." 나는 내 경험을 떠올리며 말했다.

"그래요. 60초가 넘으면 너무 늦습니다. 우리는 아이들이 과제를 잘 마치면 5초에서 10초 이내에 상을 줍니다. 잘한 일은 그 즉시 강화해요." 선생은 이어서 말했다.

"시간이 지나면 아이들은 지금 자기가 왜 칭찬받고 있는지 잊어버리거든요."

예를 들어 의자에 앉자마자 상을 받았다면 '의자에 잘 앉아서 상을 받았다'는 메시지가 아이한테 곧장 전달되지만 시간이 지나 슬슬 지루해지기 시작한 아이가 의자에서 탈출하려는 타이밍에 상을 주면 '도망치려니까 상을 준다'는 잘못된 메시지로 받아들이게 된다.

강화는 상대방이 바람직한 행동을 한 '직후'에 할 것. 이는 어른이나 아이, 동물 등 모두에게 효과적인 가장 신속하고 단순한 행동 조작술이다.

유감스럽게도 일상생활에서 우리는 다른 사람을 그다지 강화하지 않는다. 자기 자신조차 강화하지 않는다. 강화는 행동을 제어하는 가장 중요한 열쇠다. 게다가 사용법도 간단하다. 상대가 칭찬받을 일을 하면 칭찬하거나 기뻐하고 좋아할 만한 것을 해주면 된다.

예를 들어 직장에서는 부하 직원이 시간 내에 서류 작성을 마쳤을 때 상사가 '잘했다'고 한마디 해주면 그 부하는 앞으로도 시간 안에 서류 작성을 완료할 가능성이 확실히 높아진다는 사실이 과학적으로 입증된 바 있다. 상대의 눈을 보며 고개를 끄덕이거나 미소 짓는 것만으로도 효과가 있다.

나 자신에 대해서도 마찬가지다. 무언가 작은 과제를 완수할 때마다 주스를 마시거나 잡지를 읽거나 자리에서 일어나 창밖 풍경을 바라보는 등 나한테 작은 선물을 선사하며 나를 칭찬해주자. 나 자신에게도 남에게도, 잘했을 때는 바로 칭찬을 해주자. 이렇게 작은 것으로 인생이 변할 수 있는데 하지 않으면 손해 아닌가.

강화를 위한 포상은 오랜 시간이 걸리는 것보다는 짧은 시간 안에 받을 수 있는 게 좋다. 5초에서 10초 안에 완료할 수 있는 포상이 효과적이다.

나는 딸에게 포상으로 껌을 주었다가 실패한 적이 한 번 있다. 리카는 껌을 무척 마음에 들어 했지만 아무리 시간이 지나도 뱉으려고 하지 않아 다음 과제를 시작할 수 없었다. 나는 10분 넘게 껌을 씹고 있는 딸을 초조하게 바라보다 결국에는 입 속에 든 껌을 강제로 꺼내기로 했다. 당연히 울음보가 터졌다. 즐거워야 할 포상을 불쾌한 경험으로 만든 것이다.

어린아이에게 먹을 것이나 음료를 상으로 줄 때는 쿠키는 한 개보다는 한 조각, 주스는 한 컵 가득보다는 한 모금 정도가 좋을 것이다. 그리고 음식을 상으로 줄 계획이라면 그전에 배가 부를 정도로 음식을 먹이

사람을 움직이는 규칙 ③
## 강화는 신속히

1. 상대가 칭찬받을 일을 하면 그 즉시 칭찬하라.
2. 상대가 기뻐하는 것이라면 무엇이든 OK하라.
3. 아무리 늦어도 60초 이내에 강화하라.

지 않는 것도 중요하다. 배가 부르면 음식물로 강화를 시킬 수 없다. 같은 이치로 포상으로 주는 장난감은 평소에는 가지고 놀지 않도록 한다. 일상에서 쉽게 가질 수 있는 것은 포상으로서의 효과가 작다.


## 장애인에게도 특권은 없다

딸아이에게 상으로 주었던 것들 가운데 딸아이가 오랫동안 질리지 않고 가지고 놀았던 소니의 토킹 카드는 잊을 수가 없다. 토킹 카드는 자기테이프가 붙은 카드를 장치에 꽂으면 몇 초 동안 말이나 노래가 흘러나오는 교육용 기자재다.

처음으로 토킹 카드를 본 것은 조치대학 심리학과의 놀이 치료실이었다. 딸아이는 금방 토킹 카드에 빠져들었다. 바로 같은 제품을 구매하고 싶었지만 이미 판매 중지. 인터넷 옥션 사이트에서 간신히 구할 수 있었다.

리카는 놀이 기술이 없다. 예를 들어 피아노를 보여줘도 건반을 누르면 소리가 난다는 인과관계를 이해하지 못했다. 딸아이는 카드를 정해진 방향으로 기계 슬릿에 넣어야 하는 토킹 카드의 원리를 이해하기도, 조작하기도 어려웠을 테지만 웬일인지 한 번에 소리 내는 방법을 이해했고 싫증 내지도 않았다. 토킹 카드의 기본 세트인 '스타트 프로그램'에는 숫자와 리듬 등 이 소리로 담긴 서른 장의 카드가 들어 있었다.

카드에 녹음된 소리나 성우들의 목소리는 대단히 매력적이고 훌륭하여 애정과 집념으로 엄선하고 녹음했음을 한눈에 알 수 있었다. 리카는 토킹 카드에 완전히 폭 빠졌다.

산만하며 놀이 방법을 잘 이해하지 못하는 자폐아를 이 정도로 몰입하게 하는 토킹 카드는 대체 무엇일까?

사실, 이 교구를 개발한 사람은 다름 아닌 소니의 창업자 이부카 마사루井深大였다. 그는 소니를 세계적인 기업으로 키워낸 기업가인 한편 유아교육에도 지대한 관심이 있었다.

특히 이부카는 뇌 발달의 과학적 데이터를 근거로 0세부터 서너 살까지의 교육을 중시했다. 뇌가 급속하게 발달하는 그 시기야말로 많은 것을 학습시켜야 한다는 그의 신념이 담긴 《유치원에서는 너무 늦다》(1971)는 전 세계적으로 백만 부 이상 판매되며 베스트셀러가 되었다.

그의 생각은 로바스 박사의 응용행동분석 연구와 무척이나 닮았다. 로바스 박사도 자폐증 치료는 네 살 이전에 시작해야 한다며, 가능하면 0세부터 발견하여 조기에 치료할 것을 주장한다.

이부카 회장의 딸은 지적장애인이었다. 그는 조금 더 일찍 유아교육을 시작했더라면 딸의 지능이나 생활 기술이 향상되지 않았을까 하는 생각에서 유아 조기교육을 연구하고 직접 토킹 카드를 개발했다.

이게 바로 리카가 토킹 카드에 유난히 애착을 가진 이유였다.

이부카 회장의 딸은 적극적으로 장애인을 고용하는 자회사 소니·타이요ソニー·太陽의 식당에서 근무했던 것으로 알고 있다. 그는 결코 딸을 특별 대우하지 않았다고 한다.

"장애인에게 특권 없는 엄격함으로 일반인보다 훌륭한 제품을……."
이부카 회장의 말은 그대로 이 회사의 기업 이념이 되었다.

마치 내게 하는 말 같았다.

혹시 딸이 장애아라는 이유로 자신에게 관대하고 업무의 강도를 낮춘 적은 없었던가? 아마 있을 것이다. 나는 전력투구하고 있지 않다……. 나는 착각하고 있었다. 내게는 아무런 특권도 없었던 것이다. 앞으로는 딸을 핑계로 삼지 않고 누구보다 완성도 있는 결과물을 만들 것이다. 이부카 회장 인생의 이면을 알게 되면서 내 마음에도 일에 대한 진지함이 움트기 시작했다.

9장
# 행동 관리

## 행동을 세분화하여 나열하라

영화는 1초에 24개의 정지 화면을 연속으로 보여줌으로써 움직이는 영상이 된다. 현실도 영화처럼 수많은 정지 화면의 집합체로 볼 수 있다. 하나의 행동은 장면과 장면이 연결된 영화처럼 더 작은 행동들의 집합체다.

예를 들어 '컵에 커피를 마시는 행위'도 일련의 행동을 하나하나의 정지 화면으로 나눠보면 컵 손잡이에 손가락을 걸고, 컵을 들어 올리고, 잔에 입을 대고, 커피를 마시고, 컵을 테이블에 올려놓는 작은 행동들로 분해할 수 있다. 어떤 일을 작게 분해한 뒤 개별 단계를 하나씩 해결하다 보면 결국 큰 과제도 완수할 수 있다.

딸아이는 세 살까지도 혼자 화장실에서 용변을 보지 못했다. 그래서 행동을 작게 쪼개 배변 훈련을 시작했다.

'화장실에서 용변을 본다'는 하나의 행동은 16가지 개별 단계로 분해할 수 있다.

1 화장실 문을 연다.

2 안으로 들어가 문을 닫는다.

3 하의를 내린다.

4 변기에 앉는다.

5 용변을 본다.

6 화장지를 푼다.

7 화장지를 끊는다.

8 화장지를 접는다.

9 엉덩이를 닦는다.

1º 사용한 화장지를 변기에 버린다.

11 일어선다.

12 물을 내린다.

13 옷을 입는다.

14 손을 씻는다.

15 화장실 문을 연다.

16 밖으로 나가 화장실 문을 닫는다.


이상의 개별 단계를 하나씩 완수할 수 있도록 훈련을 한다. 훈련 방법은 사람을 움직이게 하는 세 가지 규칙인 '지시는 분명하게' '실패를 경험시키지 마라' '강화는 신속히'를 반복하는 것이다.

예를 들어보자. 먼저 "문, 열어"라고 지시한다.

다음은 재빨리 딸아이의 손을 문고리로 가져가 문을 열 수 있도록 도와준다.

문이 열림과 동시에 "잘했어!"라고 칭찬한다.

개별 단계마다 이 과정을 반복한다.

잘 안 되는 부분은 더 작은 단계로 쪼갠다.

리카의 경우는 손을 씻는 단계가 쉽지 않았다. 그래서 손 씻는 행동을 다시 여섯 단계로 세분화했다.


1 수도꼭지를 돌려 물이 나오게 한다.

2 비누를 칠한다.

3 손을 문지른다.

4 물로 손에 있는 거품을 씻어낸다.

5 수도꼭지를 잠근다.

6 수건으로 손을 닦는다.


이 절차대로 따라하면 손을 씻을 수 있게 된다.


행동을 개별 단계로 분해하는 방법을 업무에 적용하면 다른 사람에게 일을 가르치거나 매뉴얼을 작성하는 능력으로 직결된다.

요즘은 신입사원에 대해 불만이 있는 경우도 종종 있는 것 같다. 예를 들어 '인사를 하지 않는다' '전화를 늦게 받는다' '보고를 하지 않는다' 같은 불만이다. 이런 불만은 사실 회사가 신입사원에게 필요한 정보를 제공하지 않아서 생기는 경우가 많다.

인사를 하지 않는 상대방에게 구체적으로 어떤 행동을 원하는가. 자신이 그걸 파악하고 있지 못하면 상대방에게 아무것도 전달되지 않는다.

예를 들어 아래 직원의 바람직한 인사법은 '출근한다 / 상사와 시선을 맞춘다 / '좋은 아침입니다'라고 말한다 / 상사의 대답을 기다렸다가 자리에 앉는다'라는 일련의 행동일지도 모른다. 그저 '인사하라'는 말만으로 상대가 마음에 드는 인사를 할 리가 없다.

'전화 받으시오'가 아니라 '전화기 옆에 메모지 준비해두기 / 벨이 두 번 울리기 전에 전화 받기 / 상대의 이름을 확인하기'라고 자세히 알려주어야 한다.

'보고하시오'가 아니라 '외출시에는 화이트보드에 귀사 예정 시간 적기 / 용무가 끝나면 회사에 전화하기 / 일과가 종료되면 보고서 작성하기'라고 가르쳐야 한다.

이렇게 하면 상대는 자기가 무엇을 해야 하는지 정확하게 이해할 수 있다. 행동을 세분화하여 나열하라. 아무리 어려운 업무라도 훌륭한 매뉴얼이 완성될 것이다. 이는 '지시는 분명하게'라는 사람을 움직이게 하는 첫 번째 규칙과도 일맥상통한다.

친구 중에 보습학원을 경영하는 친구가 있는데, 그는 5년 동안 사업 규모를 열 배로 키웠다. 그 비결 중 하나가 업무를 세분화하여 매뉴얼을 만들고, 직원들에게 그 매뉴얼을 실행시킨 것이었다. 업무가 철저히 매뉴얼화되어 있기 때문에 직원이 갑자기 그만두어도 인수인계가 쉽고 업무에 지장이 생기는 사람이 없다. 사업 규모가 커지면 바빠지는 경영자도 많은데 그는 단계별 매뉴얼 덕에 사업 규모가 확대될수록 자유 시간도 늘었다고 한다.

그리고 그의 학원에는 교실 입구 바닥에 '여기서 인사하세요'라고 쓰인 테이프가 붙어 있다. 그래서 학생들은 적절한 장소에서 인사를 할 수 있고 강사는 학생에게 주의를 시키거나 불쾌할 일이 없다고 한다. 학생도 강사도 수업 시간이 즐거워서 자연스럽게 수업에 집중할 수 있고 성적도 향상된다. 그 효과로 학생이 늘고 사업이 확대되는 선순환을 창출하고 있다.

사실은 그는 미국에서 이론을 공부한 행동분석가인데, 우리 부부가 딸아이에게 시키고 있는 훈련을 경영에 적용하고 있을 뿐이다.


## 시선 맞추기 훈련

시선을 맞추는 것도 '지시는 분명하게'라는 사람을 움직이게 하는 첫 번째 규칙과 관련이 있다. 상대의 눈을 보며 이야기하는 것은 자신의 의사를 전달하는 데 상당히 중요하다. 일본 사람은 상대방의 눈을 보지 않는다는 말도 있지만, 그건 습관이 그렇다는 거고 상대가 자신의 말에 주목하기를 바랄 때는 의욕적으로 상대와 시선을 맞춘다.

비즈니스 세미나로 성공한 어떤 강사가 있는데, 그는 모든 청중과 시선을 맞추기 위해 노력한다. 강연장 맨 뒤에서 맨 앞줄까지 Z자 형태로 시선을 움직이는 것이 요령이라고 한다. 이 효과 덕분에 이 강사의 세미나는 항상 만석이며 단골 청중도 많다. 사랑하는 사람에게 자신의 마음을 전할 때도 상대의 눈을 응시하는 게 중요한데, 사업상의 미팅이나 교섭에서도 상대의 눈을 보지 않고는 우위에 설 수 없다. 상대의 눈을 보지 않는 톱 세일즈맨은 없는 법이다.

반대로 필요할 때에 상대의 눈을 제대로 볼 수 없으면 의사소통에 문제가 있는 사람으로 간주한다. 대부분의 경우는 주의를 받으면 고쳐지는 정도의 문제지만 자폐증을 포함한 발달 장애의 경우는 사람의 눈을 보지 못하는 것이 주요 증상 중 하나이다.

하마마쓰 의과대학 등의 연구 결과에 따르면 뇌하부에 있는 안면 인식 부위이며 뇌의 활동을 조절하는 아세틸콜린의 신경 활동이 자폐 환자의 경우는 20~40퍼센트 더 약하다고 한다. 아세틸콜린의 신경 활동이 약할수록 사람의 눈을 보지 못하고 상대의 기분을 읽지 못하는 증상이 심하다.

딸아이의 경우도 다른 사람과 전혀 눈을 마주치지 못했다. 아무리 기습적으로, 가까운 곳에서, 머리를 꼭 잡고 시도해도 절대로 리카와 눈을 마주 볼 수 없었다.

하지만 훈련이 진행됨에 따라 전체적으로 리카의 주의력이 향상되는 걸 느꼈다. 상대가 지시했을 때 과제를 수행하면 칭찬을 받는 등 즐거운 포상이 기다리고 있었던 것이다. 일상 속에서 자연스럽게 상대를 주목하는 습관이 생긴 것 같다. 그래서 세 가지 규칙을 활용해 딸아이의 시선을 원래대로 되돌리기 위한 시도를 했다.

방법은 간단했다. 훈련할 때 리카가 좋아하는 과자를 내 눈높이 위치에 놓는다. 리카의 시선이 과자에 닿으면 그 타이밍에 "앉아!"라고 지시한다. 그 결과 '상대의 눈을 보면 좋은 일이 생긴다'는 걸 자연스럽게 학습하게 되는 것이다.

어느 날 저녁 식사 시간에 "앉아!"라고 말하는데 리카의 눈과 내 눈이 마주쳤음을 느꼈다. 그리고 시선이 마주친 순간 리카는 순순히 의자에 앉았다.

처음에는 상황 파악이 잘되지 않았다.

"지금 리카와 눈이 마주쳤지요?"

아내가 물었다.

그 과정이 무척이나 자연스러웠기 때문에 특별한 일이 일어났다는 걸 실감하기까지 얼마간의 시간이 걸렸다. 그러다 서서히 온몸에 기쁨이 퍼지기 시작했다. 딸아이의 시선이 돌아왔다. 만약 옆에 누군가 있었다면 분명 "지금 봤나요? 내가 딸하고 눈이 마주쳤어요!"라고 흥분해서 자랑했을 것이다.

"리카 짱!" 우리 부부는 동시에 딸아이의 이름을 불렀다. 이번에는 눈이 마주치지 않았다. 아내가 리카가 좋아하는 건포도를 자기 눈 높이에 대고 보여주며 다시 한 번 "리카짱!" 하고 불렀다. 이번에는 리카의 시선이 엄마의 시선과 마주쳤다. 그 순간 우리는 환호성을 지르며 리카를 안아 높이높이 비행기를 태워주었다.

## 타이머를 이용한 효율적 시간 경영

딸아이의 훈련은 5~10분마다 각각 1, 2분의 짧은 휴식을 가지며 45~50분 동안 진행되었다. 그리고 미리 45~50분 후로 맞춰둔 타이머가 울리면 이번에는 10~15분 동안 긴 휴식 시간을 둔다. 이 휴식 시간 리듬은 인간의 생리적 리듬과 잘 맞는 것 같았다.

나는 내킬 때는 두 시간이든 세 시간이든 쉬지 않고 일하지만 하기 싫을 때는 일이 전혀 손에 잡히지 않는 스타일이다. 그래서 일할 때는 딸아이를 훈련할 때처럼 타이머를 사용해보기로 했다.

50분 후로 타이머를 맞춰놓고 그 시간까지는 틈틈이 잠깐씩 쉬면서 연속적으로 일했다. 내가 다니는 회사는 직원이 많았기 때문에 주위에 피해를 주지 않도록 휴대전화의 진동 모드를 활용했다. 타이머가 울리면 내키든 내키지 않든 반드시 일을 중단하고 10분 동안 쉬었다. 쉴 때는 자리에서 일어나 다른 장소로 갈 때도 있고, 자리에 앉은 채로 뉴스를 보거나 가볍게 몸을 풀어주기도 했다. 중간에 지금 하는 일 말고 살짝 다른 업무를 해보는 것도 기분전환이 되었다. 휴식을 취할 때는 휴식이 강화되도록 나름대로 변화를 주면서 다양한 시도를 하는 것도 좋을 것이다.

예상했던 일이지만 기분 내키는 대로 일하는 것보다 시간 단위로 나눠 일하는 편이 확실히 효율적이고 양적으로도 많은 일을 할 수 있었다.

초반에는 50분 단위로 일하다 보니 도중에 업무가 중단되는 현상이 있었으나 점차 하나의 업무가 50분 안에 끝나게 되었다. 마감 시간을 설정하면 사람은 그에 맞춰 일하게 된다. 언제부터인가 전에는 두세 시간 걸리던 일도 50분 안에 끝낼 수 있게 되었다.


## 문제 행동을 줄이는 방법

하지만 딸아이가 시종일관 상승 그래프를 그린 것은 아니었다. 그동안에는 짜증, 비명, 공격, 탈주, 과도한 자기 자극, 반항, 무기력 등 수많은 문제 행동이 있었다.

처음에는 딸아이에게 감정적으로 화를 내기도 했다.

"못하겠지?"

"안 돼!"

나도 모르게 감정적이 되고 만다.

하지만 애초에 말을 모르는 자폐아에게 감정적으로 화를 낸다는 것은 전혀 의미가 없다. 왜 말을 안 듣느냐고 화를 내도 딸아이는 멍하니 서 있을 뿐이다.

분노 에너지를 키우면 딸을 울릴 수는 있다. 하지만 울린다 해서 문제가 해결되는 것도 아니고 무엇보다 나 자신이 비참해진다. 필요한 것은 분노 에너지가 아니라 의연한 에너지다. 내가 이 사실을 깨달은 것은 지금부터 소개할 '소거extinction' 이론을 실행한 무렵이었다.

딸아이는 학습 중에 자주 심하게 짜증을 부리며 큰 소리로 비명을 질렀다. 짜증을 부릴 때는 딸에게 아무도 눈길을 주지 않았다. '짜증을 부리면 사람들이 나를 주목한다'는 잘못된 강화를 하지 않기 위해서다. 우리는 딸이 짜증을 부리는 동안 바닥을 보며 딸에게는 조금도 눈길을 주지 않았다. 딸아이가 아무리 짜증을 부려도 타협하지 않았다. 이건 서로에게 어떤 메시지를 주느냐 하는 비언어적 교섭전이었다.

딸아이의 짜증이 주는 메시지는 명확하다.

"빨리 여기서 해방해 주세요! 내 맘대로 놀게 해 달라고요!"

리카는 말을 하지 못하기 때문에 말 대신 짜증이나 소리를 지르며 자기 의사를 표현한다. 만약 우리가 여기서 딸아이의 짜증에 굴복해버리면 '짜증을 부리면 해방된다'는 악의의 메시지를 전달하는 게 된다.

딸아이에게 전달해야 할 메시지는 '짜증을 부려도 아무도 신경 쓰지 않는다'는 사실이다.

어떤 짜증도——그게 한 시간 후일지 3분 후일지 모르지만——반드시 끝나기 마련이다. 우리는 바로 그 순간, 칭찬하거나 쿠키를 줌으로써 강화를 했다.

딸아이가 다시 짜증을 부리면 모두가 바닥을 보면서 딸아이에게는 아무런 결과도 주지 않았다. 그리고 짜증을 멈추면 그 순간 최선을 다해 강화했다. 이렇게 몇 번을 반복하는 사이에 서서히 리카가 짜증을 부리지 않는 시간이 길어졌다. 그리고 정말 우리를 곤경에 빠뜨릴 만한 짜증은 거의 부리지 않게 되었다.

'소거'의 원리는 '강화'의 원리와 짝을 이룬다. 강화가 '한번 칭찬받으면 더욱 칭찬받고 싶어지는' 사람의 좋은 면을 도출하는 것인 데 반해 소거는 문자 그대로 인간의 행동을 지운다. 다만, 나쁜 행동을 지우는

데도 효과가 있으나 잘못 이용하면 좋은 행동도 지울 수 있다.

대부분 사람은 상대가 마음에 들지 않는 행동을 하면 필요 이상으로 비난한다. 하지만 좋은 행동을 하거나 자기 마음에 드는 행동을 해도 별다른 반응을 보이지 않는다. 반응을 보이지 않으면 그 행동은 점차 소거된다. 상대는 이제 좋은 행동이나 상대가 마음에 들어 하는 행동을 하지 않는다.

무반응은 상대를 비난하는 것보다 질적으로 나쁘다. 나쁜 행동만 소거하기로 하자.

아이와 백화점에 가면 대부분 아이는 장난감 코너에서 장난감을 사달라고 조른다. 부모는 '다음에' 라든가 '오늘은 안 돼'라고 말하면서 아이를 포기시키려 하지만, 포기 못 하는 아이는 그 자리에서 떼를 부리거나 울음을 터뜨린다. 그럴 때 야단을 치면 더 큰 소리로 울어 난처한 상황이 되기도 한다.

하지만 만약 그때, 아이한테 승복해서 원하는 걸 사준다면 나쁜 행동을 강화하게 된다.

"다음에도 울면 장난감을 사주실 거야."

아이에게 이런 메시지를 전달한 것과 마찬가지이기 때문이다.

현명한 부모는 이럴 때 절대로 양보하지 않는다. 아이가 아무리 울고 보채도 결코 아이한테 굴복하지 않고 조용히 옆에 있을 뿐이다. 이런 부모는 자기도 모르게 소거의 원리를 실천하고 있는 것이다.

이 밖에도 문제 행동을 멈추게 하기 위해서는 아이가 더 매력적이라느낄 수 있는 행동으로 유도하거나 만약 짜증을 부려 접시를 깼다면 깨진 접시를 치우는 걸 돕도록 하는 등 다양한 방법이 있다.

　그렇다면 그저 소리 한 번 지르고, 한 대 때려주는 '벌'은 효과가 없을까?


## 벌칙을 사용하지 않는 세 가지 이유

　딸아이에게는 의도적으로 벌을 주지 않았다. 벌에는 때리고, 야단치고, 화내는 것 등이 포함된다.

　우리는 칭찬할 일이 많아지도록 행동했기 때문에 처음부터 화낼 일이 별로 없었다. 하지만 생각대로 되지 않을 때는 어쩔 수 없이 주체하기 어렵기도 했다. 하지만 그럴 때도 딸아이에게 화를 내지는 않았다.

　벌을 주는 것에는 세 가지 문제점이 있다.

　우선, 비효율적이다. 대학생의 기억력 테스트 실험에서 학생이 틀린 답을 말했을 때 큰 음향으로 충격을 주었더니 답을 말하는 속도와 기억력이 모두 낮아졌다. 부정적인 감정은 좋지 않은 결과를 초래할 뿐이다.

　두 번째로 벌은 일부에만 영향을 주는 게 아니라 전체로 확산된다. 예를 들어 수학 시간에 답이 틀렸다고 화를 내면 국어 시간에도 소극적이 된다. 틀린 답을 말했을 때 선생님이 '왜 틀렸느냐!'며 크게 화를 내는 실험이 있었다. 실험 결과 그 아이가 적극적으로 질문에 답하는 일은 없었다. 그 장면을 본 다른 학생들도 답을 말하지 않아 교실 전체가 소극적인 분위기가 되었다.

174

세 번째는 벌을 이용하기 시작하면 나쁜 행동을 제어하기 위해 항상 감시하게 된다. 만약 방 청소를 했을 때 칭찬을 받으면 아이는 적극적으로 부모에게 방을 보여주려 하지만, 방이 더럽다고 야단치면 아이는 자꾸 감추려 한다. 그러면 부모는 아이의 방을 감시하게 된다.

벌은 긍정적인 결과를 낳지 않는다. 벌보다는 좋은 점을 발견해 강화해주는 편이 좋은 결과를 낳고 분위기도 좋아지며 시간도 절약된다. 벌은 주는 쪽에도, 받는 쪽에도 스트레스가 되고 시간적으로도 낭비다.

나는 딸아이의 훈련을 시작하기 전까지는 벌을 주거나 감시하는 걸 무척이나 즐겼다. 회사에서도 혹시 동료가 게으름을 피우고 있지는 않은지, 내 일은 제쳐놓고 경찰처럼 순찰을 다녔다. 나를 따르지 않는 사람한테는 일부러 좋은 일은 주지 않았다. 이렇게 타인을 벌하거나 감시하는 경향은 벌과 공포감으로 조절당하던, 교도소 같던 고교 생활에서 비롯됐다. 소년기에 경험했던 감시와 벌을 어른이 되자 타인에게 행사하게 된 것이다. 이 무슨 악순환이란 말인가! 감시와 벌이 오히려 학생들의 성적을 떨어뜨리고 생활 태도를 악화한다는 사실은 체험을 통해 충분히 알고 있었는데도…….

딸을 훈련하면서 벌이 무의미하다는 것을 새삼 깨닫게 된 나는 화를 잘 내지 않는 사람으로 자연스럽게 바뀌었다. 타인을 불필요하게 감시하는 버릇도 없애게 되었다. '네가 얼마나 잘하고 있나 감시하고 있다'고 위협해도, 그건 감시하는 사람만 수고스럽게 할 뿐 아무런 효과도 없다.

## 목표에 얽매이지 마라

어느 날 나는 야마모토 선생에게 '딸아이를 위한 목표 차트'를 만들어달라고 주문했다. 미국의 응용행동분석 현장에는 '아동 발달 목표 차트'라는 게 있고 치료사들은 그 차트에 따라 과제를 수행한다는 정보를 들었기 때문이다.

그런데 야마모토 선생은 만들지 않는 편이 좋을 거라고 답했다.

"이유가 뭔가요?"

"아버님께서 말씀하시는 건 미국 민간 회사의 이야기 같습니다. 그들은 목표 차트를 만들고 진척 정도에 따라 보수를 받거든요. 좋은 방법은 아니라고 생각합니다."

"하지만 목표를 설정하고 거기에 맞춰나가는 건 좋은 일 아닌가요?"

"우리의 공통된 목표가 진도표를 만들어 그것을 소화하는 건가요? 아니면 리카가 할 수 있는 일을 하나씩 늘려가는 건가요?" 선생은 정중하게 물었다. "우리 프로젝트에서는 한 주 동안 리카의 행동을 관찰해서 뭘 어느 정도 해냈는지, 뭐가 어느 만큼 부족한지 기록하고 있습니다. 그리고 그 데이터를 근거로 리카에게 필요한 다음 주 과제를 정하고 있지요."

"그렇다면 예를 들어 내년 4월까지 보통 아이들 수준으로 끌어올리겠다는 목표를 세우고, 그에 맞춰 지금 뭘 해야 할지 결정하는 건 잘못된 건가요?"

내가 물었다. 이것이야말로 성공을 위한 작업 이론 아닌가!

"잘못된 건 아닐지도 모르죠. 하지만 이상적이지는 않은 것 같습니다."

"지금 목표를 세워도 그 목표가 정말 옳은지 아닌지 확인할 방법은 없지 않나요? 어쩌면 잘못된 목표 탓에 잘못된 행동을 하게 될지도 모릅니다. 일 년 후의 일은 아무도 모르니까요."

들고 보니 선생의 말이 맞는 것 같기도 했다. 나는 목표를 세우고 그 것을 완수하는 게 정의라고 생각해왔다. 하지만 딸아이의 환경도 끊임없이 변하고 있다. 목표 설정에 연연하기보다는 눈앞의 현실 속에 있는 기회를 활용하는 편이 좋을 것 같다는 생각이 들었다.


## 행동이 모든 것을 말해준다

"이렇게 포상을 걸고 훈련하고는 있지만 마음이 담겨 있지 않다면 의미가 없습니다. 중요한 건 마음이지요. 아이를 로봇으로 만들어서는 안 됩니다." 어느 교육자에게 이런 얘기를 들은 적이 있다.

"딸아이의 목소리를 들을 수만 있다면 저는 정말 로봇이라도 괜찮습니다."

수많은 만화나 소설, 영화에서 로봇과 마음의 관계에 대한 이야기를 다뤄왔다. 그리고 '아무리 우수한 로봇이라도 인간의 마음을 가진 로봇은 없다. 그러므로 로봇은 인간이 될 수 없다'고 한다.

데즈카 오사무手塚治虫의 〈우주 소년 아톰〉, 이시노모리 쇼타로石ノ

森章太郎의 〈인조인간 머신엑스〉 〈스타트랙-TNG〉의 안드로이드 데이터 소령……. 세상의 유명한 로봇들은 '내게는 마음이 없다'는 사실에 고뇌한다. 하지만 그들은 행동으로, 사실은 인간 이상의 풍요로운 마음이 있음을 보여준다.

마음의 내면이 뭐 그리 중요했던가?

만약 마음속으로 '나는 아들을 사랑해'라고 생각하는 엄마가 실제로는 아이를 학대하고 있다면 그녀는 '아들을 사랑하는 엄마'일까? 아니면 '아들을 학대하는 엄마'일까?

말만큼 믿을 수 없는 것도 없다. 나는 행동이 모든 것을 말해준다고 생각한다. 속마음 따위 아무도 모른다. 사람은 자신의 진짜 마음에조차 거짓을 말한다.

사람의 행동을 관찰하면 입으로 하는 말과 행동이 크게 다른 경우가 많다. 그런 경우를 접할 때마다 나 자신을 돌아본다. 나 역시 말과 행동이 일치하지 않을 때가 있다. 그럴 때는 다시 한 번 '마음은 행동으로 다잡자'고 결심한다.

좋아하는 사람에게는 호의를 표하고, 칭찬받을 만한 행동에 대해서는 칭찬하는 사람.

잘못했다 느낄 때는 솔직하게 사과하는 사람.

나도 언젠가, 그런 사람이 될 수 있을까.

10장
모방의 기술

말을 할 줄 모르는 리카를 위해 간단한 동작을 도입하기로 했다. 말을 못하는 상대에게 수화를 가르치는 경우는 많다. 와쇼Washoe라는 이름의 침팬지에게 영어 수화를 가르치는 프로그램이 있었는데 250개 이상의 단어를 습득했다고 한다. 와쇼는 인간 외에 최초로 언어를 사용한다는 사실이 확인된 생물이다.

'침팬지도 했는데 리카도 할 수 있겠지'라는 가벼운 마음으로 동작들을 가르쳤다. 예를 들어 '주세요'라고 할 때는 손바닥을 위로 향하게 하고 두 손을 모으는 식이다. 리카는 그런 동작을 금방 익혔다. 하지만 얼마 지나지 않아 그런 동작은 그다지 고도의 훈련을 요하는 것들이 아니며, 오히려 그것만으로도 충분하기 때문에 말을 배울 필요성이 낮아지는 건 아닐까 하는 생각이 들어 몇 달 만에 그만두었다. 동물원에 갔을 때 일본원숭이가 먹이를 달라며 리카와 똑같은 동작을 하는 걸 봤기 때문이다. 아무래도 '주세요'라는 동작은 그다지 수준 높은 학습법이 아닌 것 같다. 와쇼에 다가가기는커녕 실패다.

이제 서서히 말을 가르칠 때가 되었다.

## 최강의 학습 도구

내가 리카한테 가장 학습시키고 싶은 것은 언어 습득이다. 하지만 지금까지 해온 "앉아!" "이리 와!"처럼 행동을 습득하기 위한 것에 비해 언어는 압도적으로 복잡하고, 또한 등을 밀거나 손을 잡아 이끄는 촉진을 하기가 어렵다. 리카가 말을 하기 위해서는 모방 기술이 필요했다. 말은 입 모양이나 소리를 흉내 냄으로써 몸에 익혀야 한다.

사람이 가진 최대의 능력은 '모방의 힘'에 있다고 한다. 특히 영유아들은 모방의 천재다. 온갖 것을 모방하면서 아무것도 기록되어 있지 않은 두뇌에 자기 프로그래밍을 해나간다.

동물에게도 모방의 힘은 있다. 특히 오랑우탄은 부모 등 근친의 흉내를 아주 잘 낸다. 하지만 인간의 모방 능력은 동물의 그것보다 훨씬 월등하다. 인간은 말이나 문자, 영상 등 모든 수단을 통해 모방할 수 있다.

복잡한 행동을 신속하게 획득하기 위해서는 모방이 최강의 도구이며 메인 엔진이 된다. 모방은 인간이 지니고 있는 적응력 가운데 가장 뛰어난 시스템이다. 또한 모방으로 획득한 능력은 잘 소멸되지 않는 것으로 알려져 있다.

생후 2~3주 정도 되는 갓난아기에게 네 개의 동작(입 내밀기, 입 벌리기, 혀 내밀기, 순서대로 손가락 움직이기)을 모방하도록 하는 실험에서 아기들은 혀 내미는 동작을 특히 빨리 모방하는 것으로 밝혀졌다. 혀를 내미는, 즉 입속 움직임을 모방하는 것은 말하기 능력과 관련이 있다.

그런데 리카 같은 자폐아는 이런 정상적인 모방 능력이 없다. 입속의 움직임은커녕 신체 동작 같은 큰 움직임도 제대로 흉내 내지 못했다.

"자, 우리 같이 춰볼까?"

리카가 가장 좋아하는 유아 프로그램을 틀어놓고 거기에 나오는 춤을 따라 추려는 시도는 수도 없이 해봤다. 하지만 리카는 번번이 텔레비전이 아니라 전혀 관계없는 곳을 바라보았다. 어떻게든 같이 움직이게 해보려고 했지만 몸을 흐느적거리거나 딱딱하게 경직시키며 저항했다. 조금 전까지 재미있게 보던 프로그램마저 그런 식이었다.

항상 성장하는 보통 아이들의 모방력은, 내겐 신의 능력처럼 보였다. 그 흡수력은 정말 대단하다. 만일 그 신의 능력을 우리 딸에게도 조금만 나눠준다면 얼마나 좋을까.

교육은 추운 1월에 시작됐는데, 어느새 거리에는 반팔을 입고 다니는 사람들이 눈에 띄게 늘었다.

모방 기술을 습득하면 복잡한 행동도 쉽게 배울 수 있다. 그리고 그 가운데서도 가장 복잡한 행동은 바로 '말하기'다. 말을 하기 위해서는 단어 이해, 목에서부터 소리 내기, 그리고 의미 있는 소리나 억양을 싣는 등 한 번에 수많은 복잡한 행동이 필요하다.

우리는 딸아이에게 모방의 힘을 길러주기 위해 '매칭'이라는 훈련을 시작했다.

# 침팬지를 따라잡다

매칭은 모방 기술을 위한 초급 단계인데, 같은 것끼리 짝을 맞추면서 유사성을 발견하는 능력을 키울 수 있다.

처음에는 접시, 숟가락 등 겹쳤을 때 딱 겹치는 일상용품을 재료로 삼았다. 연구팀 선생은 딸아이 옆에 앉았다. 마주 보고 앉는 것보다 딸아이의 손을 잡고 촉진해주기가 쉽기 때문이다.

종이 접시를 두 장 준비해서 책상 위에 한 장을 두고 딸아이에게 나머지 한 장을 쥐어주었다. '포개 봐'라고 지시함과 동시에 바로 딸의 손을 잡고 접시 위에 접시를 포개게 했다.

접시끼리 딱 포개지면 칭찬을 하거나 목록에 있는 포상을 함으로써 강화했다.

매칭 과제는 사물에 주목하지 않으면 수행할 수가 없다. 하지만 리카는 사물을 보고 있는 것 같으면서도 보고 있지 않다. 과제인 접시에 시선을 주고 있는 것처럼 보여도 실제로 리카의 시선은 접시를 투과해 다른 것(예를 들면 책상이라든지 벽)을 보고 있는 경우도 많았다. 시선을 주는 것과 집중해서 보는 것과는 전혀 다르다. 이 과제를 시작하고 얼마 동안은 딸아이의 손을 잡고 처음부터 끝까지 촉진해주어야 했다.

하지만 여러 번 과제를 반복하는 사이, 딸아이 손에 살짝 손만 얹어주어도 과제를 수행할 수 있게 되었고, 또 얼마 후에는 아무런 촉진 없이도 접시와 접시를 포갤 수 있게 되었다.

다음은 숟가락 위에 숟가락을 포개는 과제로 넘어갔다. 그리고 해당 과제를 완수하면 조금 더 복잡한 과제를 주었다.

'접시와 숟가락을 책상 위에 올려놓기.'

리카한테 숟가락을 쥐여주고 "포개 봐"라고 지시한다.

정답은 물론 숟가락 위에 숟가락을 올려놓는 것이지만 거기에 접시라는 이물질이 섞이자 딸은 혼란스러워했다. 아무런 도움도 주지 않으니 딸은 숟가락을 접시 위에 올려놓으려 했다가, 책상 위나 바닥에 놓으려 했다가 한다. 하지만 딸아이의 손을 잡고 숟가락 위에 똑바로 숟가락을 얹을 수 있도록 촉진해주고 제대로 수행하면 칭찬함으로써 강화해나갔다.

카오스 같은 리카의 세계에 접시나 숟가락 등 사물의 존재가 조금씩 자리를 잡아가고 있었다. 리카는 아직 접시에 대해서도, 숟가락에 대해서도 그들이 어떤 이름을 가졌는지 모른다. 하지만 이제 접시라는 형태의 물건이나 숟가락이라는 형태의 물건이 이 세상에 존재한다는 사실은 알게 된 것 같다. 딸아이는 열흘 만에 접시와 숟가락을 구분할 수 있게 되었다.

점차 선택의 폭을 넓혔다.

책상 위에 접시, 숟가락, 손잡이가 달린 컵, 양말을 늘어놓고, 리카에게 숟가락을 쥐여준 다음 "포개 봐"라고 지시했다.

리카는 금방 숟가락 위에 숟가락을 포개는 정답을 도출했다. 이제는 쓸데없는 다른 물건들이 섞여 있어도 그다지 혼란스러워하지 않았다. 아직 발성은 되지 않지만 확실히 사물에 대한 이해는 좋아지고 있었다.

드디어 침팬지는 따라잡았다.

## 시작은 큰 동작을 모방하는 것부터

조금씩 매칭 과제를 소화할 수 있게 되자 상대의 움직임을 흉내 내는 훈련을 추가했다. 일단은 큰 동작을 모방하는 것부터 시작했다.

나는 딸아이와 마주 보고 의자에 앉았다.

"이렇게!"라고 말하며 의자에서 일어섰다.

딸아이 뒤에 서 있던 아내는 바로 딸의 어깨를 잡아 촉진하며 일으켜 세웠다. 그 순간 "잘했어!"라고 있는 힘을 다해 칭찬하며 강화했다.

아내는 조금씩 촉진을 생략해갔고, "이렇게!"라고 말하며 나나 아내가 의자에서 일어나면 딸아이는 바로 우리 흉내를 내며 자기도 의자에서 일어서게 되었다.

마찬가지로 앉기, 손들기, 손 흔들기, 점프, 손뼉치기, 귀 만지기, 목 만지기, 발뒤꿈치 만지기 등 다양한 신체 움직임을 따라하도록 했다.

다음 단계는 도구와 장난감을 이용한 동작 모방이다. 처음에는 '바구니에 블록 담기'를 따라하도록 했다.

나와 딸은 책상을 앞에 두고 나란히 의자에 앉았다. 의자와 의자 사이에는 바구니를 둔다. 그리고 책상에는 나와 리카 앞에 같은 모양의 블록을 각각 올려둔다.

"이렇게 해봐!"라고 말하며 나는 블록을 집어 바구니에 넣는다.

그리고 바로 딸의 손을 잡고 딸아이 바로 앞에 있는 블록을 집도록 한다. 그대로 바구니까지 손을 유도한 다음 바구니 위에서 손을 펴게 한다. 블록이 바구니에 떨어지자 블록끼리 부딪치며 맑은 소리가 났다.

그 소리는 딸아이가 과제를 수행했다는 신호이기도 했다.

그 순간 나는 칭찬을 하거나 쿠키를 한 조각 줌으로써 강화한다.

"이렇게 해봐!"라고 하면서 미니카를 앞뒤로 움직인다. 북을 두드린다. 모자를 쓴다. 머리를 빗는다. 숟가락을 잡는다. 점점 도구를 활용한 흉내를 낼 수 있게 된다.

딸아이는 여전히 손으로 밥을 먹는 경우가 많았다. 그래서 식사 시간에는 딸아이의 뒤에 서서 손에 숟가락을 쥐여주고, 밥을 떠서 입까지 가져가준다. 처음에는 모든 단계에서 촉진을 해줘야 했지만 점점 혼자 힘으로 숟가락을 사용할 수 있게 되었다. 어느 정도 숟가락 사용이 가능해지자 딸아이 옆에 앉아 "이렇게!"라고 말하며 숟가락을 내 입에 가져갔다.

딸아이는 내 동작을 흉내 내며 숟가락으로 밥을 먹기 시작했다. 손으로 집어 먹는 횟수는 점점 줄어들고 있었다.

딸은 그림을 전혀 그리지 못했다. 선 하나도 그리지 못한다. 책상 앞에 나란히 앉아 나와 딸아이 앞에 각각 스케치북과 크레용을 놓았다. 처음에는 "이렇게!" 하며 크레용을 쥐는 동작을 흉내 내도록 했다.

크레용을 쥘 수 있게 되자 스케치북에 굵은 선을 한 줄 따라 긋도록 했다. 그 동작이 가능해지면 다음은 긴 선과 쉬운 곡선, 그다음에는 물결 모양, 동그라미, 네모, 세모 등 복잡한 선을 그릴 수 있도록 훈련해 나간다.

# 다른 것이 틀린 것은 아니다

리카는 큰 동작은 금방 따라했지만 헤어질 때 하는 '안녕' 동작은 의외로 잘되지 않았다. 나나 선생이 "이렇게!"라고 말하며 안녕 동작을 하면 리카는 금방 따라 했다. 하지만 리카가 모방한 '안녕'은 손바닥을 자기 쪽으로 향하고 상대방에게는 손등을 보이는, 일반적인 것과는 반대되는 안녕이었다. 텔레비전에 나오는 가수의 몸짓을 흉내 내면 거울에 비친 것처럼 실제와는 좌우가 바뀌는 경우가 종종 있는데, 리카는 상대의 손바닥 방향을 너무 진지하게 따라하려다 보니 결과적으로는 반대 방향이 되는 것이다.

야마모토 선생한테 어쩌면 좋은지 물으니 선생은 의외의 대답을 했다.

"내버려두죠."

"그러다가 계속 저렇게 반대 방향으로 하면 어쩝니까?"

나는 반론했다.

"그래서 피해 보는 사람이 있나요?"

야마모토 선생이 답했다.

"저건 문제 행동이 아닙니다. 가령 자신이나 남에게 상처를 입히는 행동이라면 바로 고쳐줘야 하겠지요. 하지만 인사를 반대로 한다고 해서 피해를 보는 사람은 아무도 없지 않습니까? 저절로 고쳐질지도 모르고 도저히 안 되겠다면 촉진을 통해 바른 방향으로 할 수 있도록 행동을 수정해도 좋을 겁니다. 하지만 지금 당장 서둘러야 할 문제는 아니라고 생각합니다."

우리는 상대가 자기와 조금만 달라도 '저건 잘못됐다'고 생각하는 경향이 있다. 하지만 나와 달라도 고칠 필요는 없는 것들이 이 세상에는 무수히 많다는 사실을 잊고 있었다.

나는 어느 날, 딸아이와 〈Everybody's Golf〉라는 비디오 게임을 하고 있었다. 딸아이 입장에서 보면 게임은 상당히 어려운 일이다. 무엇보다 설명서에 적힌 대로 게임을 한다는 건 절대 불가능하다. 딸아이가 좋아하는 건 화면 속 푸른 잔디밭에서 연못을 발견하고, 그 연못에 공을 빠뜨리는 놀이였다.

처음에 나는 '매뉴얼'대로 가르치기 위해 연못이 아닌 필드를 향해 공을 치도록 했다. 하지만 야마모토 선생의 문제 행동에 대한 의견을 들은 후, 딸에게 홀인을 목표로 골프 게임을 가르치는 건 과잉 참견에 바보 같은 행위라는 생각이 들어 딸이 원하는 대로 놀게 두었다.

애초에 여가를 즐기기 위한 게임인데, 자신이 원하지도 않는 규칙이나 상식을 들이대는 것은 난센스다. 딸아이는 연못에 공 빠뜨리기를 좋아하는데 그걸 훼방하며 '평범하게' 하라고 하는 건 지나친 오지랖이 아닐 수 없다.

'뭐가 평범하고 뭐가 평범하지 않은지, 그런 걸 누가 정했단 말인가?'

나는 그 후로 업무적으로든 일상에서든 나와 다르다는 이유로 누군가에게 불필요한 지적을 하는 일이 많이 줄어든 것 같다. 나도 모르게 '그것보다 더 좋은 방법이 있어요'라고 말하고 싶어져도 딸아이의 연못 사랑을 상기하며 '내버려둬도 괜찮지 않나?' 하는 마음으로 조금 거리를 두고 생각하게 되었다.

타인이 비효율적으로 '보이는' 일을 하고 있으면 효율적인 방법을 알려주고 싶어질 때도 있다. 하지만 효율적이냐, 비효율적이냐는 전체를 보지 않는 한 판단할 수 없다. 펜을 올바른 방법으로 쥐려고 신경 쓴 결과 작은 효율은 높였다 치자. 하지만 그로 인해 필기 속도가 떨어져 전체적인 효율은 저하될 수 있다. 세상에는 이런 경우가 의외로 많지 않을까?

## 작은 동작을 모방하는 훈련

다양한 동작을 모방할 수 있게 되면서 딸아이는 상대방 손가락 끝의 작은 동작에도 주목할 수 있게 되었다. 그래서 더 작은 움직임을 모방하는 훈련으로 넘어가기로 했다.

먼저 손가락 끝을 이용한 동작 모방부터 시작했다.

검지 접었다 폈다 하기. 양쪽 검지 끝 서로 맞대기. 자기 눈꺼풀 가리키기. 이 가리키기.

이런 작은 모방은 둔한 손가락 움직임을 개선하는 데 도움이 된다. 자폐아 중에는 손가락 움직임이 둔한 경우가 많다. 딸아이는 아직 혼자 힘으로는 옷의 단추를 채우거나 푸는 것도 하지 못한다.

나는 어렸을 때 주산 학원에 다닌 적이 있다. 주산 학원에는 칸트의 이런 글귀가 적힌 포스터가 붙어 있었다.

"손은 눈에 보이는 뇌의 일부다. – 칸트"

그것은 주산을 하면서 손가락을 쓰면 뇌가 발달한다는 사실을 전달하기 위한 계몽 포스터였다. 딸아이의 지능 발달은 둔한 손가락을 개선해나가는 과정과 분명 비례했다는 생각이 든다.

"이렇게"라고 말하면서 따라하도록 하니 병뚜껑 열고 닫기, 지퍼 내리고 올리기, 단추 풀고 채우기 등 손가락을 사용한 다양한 생활 기술을 구사할 줄 알게 되었다.

딸아이가 혼자 옷을 갈아입게 된 것도 그 무렵이었다. 아무런 도움도 없이 딸아이 혼자 옷을 입게 하면, 동작 하나하나가 느리기 때문에 오랜 시간이 걸렸다. 잠옷으로 갈아입는 데 10분, 20분이 걸리기도 했다.

하지만 아무리 시간이 걸려도 혼자 옷을 갈아입는 자식을 본다는 건 즐거움이었다. 바로 얼마 전까지 도저히 불가능했던 일들이었으므로.


## 음을 따라하기

손가락을 따라 움직일 줄 알게 되자 이번에는 얼굴 표정 모방으로 넘어갔다. 입을 벌리고, 혀를 내밀고, 볼을 부풀리고, 입술을 옆으로 벌리며 미소 짓고, 고개를 끄덕이고, 숨을 내뱉는다.

상대의 표정을 보며 일련의 행동을 모방하고 나면 말을 모방하는 과정이 기다리고 있다. 상대의 입이나 입술 모양을 흉내 낼 수 있으면 곧 의미 있는 발성을 흉내 낼 수도 있다.

특히, 숨을 내뱉는 훈련은 입으로 소리를 내는 기술과 직결된다. 처음에는 하모니카, 나팔, 풍선, 비눗방울, 바람개비를 이용했다. 숨을 내쉬면 악기에서는 소리가 나고, 풍선이나 비눗방울은 부풀며, 바람개비는 뱅글뱅글 돈다. 결과가 눈에 보이기 때문에 리카도 따라하기가 쉽다. 게다가 숨을 세게 부느냐 약하게 부느냐에 따라 결과가 달라진다는 것도 좋은 점이다.

나팔에서는 숨을 약하게 내뱉으면 작은 소리가 나고, 세게 내뱉으면 큰 소리가 난다. 바람개비는 후—— 하고 세게 불수록 빨리 돈다.

이번에는 도구를 사용하지 않고 직접 숨을 내뱉는 동작을 따라하게 했다.

"이렇게! 후——웃."

내가 먼저 숨을 내뱉었다.

리카도 후——웃 하며 숨을 내뱉었다. 그리고 나중에는 센 숨도, 약한 숨도 잘 따라하게 되었다.

이번에는 거기에 소리를 실었다.

"말해 봐. '아'"

"아……."

리카는 금방 "아"라고 발음했다. "아"는 입을 크게 벌리고 숨을 내쉬면 비교적 쉽게 발음할 수 있다. 아직 발음은 서툴다. "아"보다는 "카"에 가까웠다. 좀 더 입을 세로로 벌리도록 유도했다. '아' 발음은 입 모양이 세로가 될수록 깨끗해진다.

'이' 발음이 잘되지 않으면 좀 더 입을 가로로 벌리도록 하고, '우'는 입술을 살짝 내밀게 한다.

192

이렇게 한 음 한 음, 일본어의 50개 음을 따라하도록 했다.

과제가 어려워졌기 때문에 제대로 따라하지 못하는 경우도 많아졌다. 실수했을 때는 목소리나 표정에 당혹감이나 화, 책망 등 불필요한 감정이 드러나게 해서는 안 된다. 오로지 정보로써 '틀렸단다'라고 전달하도록 주의를 기울였다. 벌은 좋은 결과를 가져오지 않는다.

상대의 실수에 대해서는 그런 사실만 전하고 자신의 감정은 전달하지 않는다. 이를 실천하던 중 어느 날 회사에서 있었던 일이 떠올랐다.


## 자기 잘못을 인정하는 사람은 아무도 없다

아동서 관련 경험이 있는 인물을 인터뷰해야 할 일이 생겼다. 지인인 기시다岸田 씨에게 부탁하니 바로 경험자를 소개해줬는데 나는 갑자기 일이 너무 바빠진 관계로 그분께 연락하는 걸 깜박하고 말았다. 사실 단순히 일만 바빴던 게 아니고 그 무렵 리카가 자폐증 진단을 받아 망연자실하고 있던 시기이기도 했다.

어느 날, 기시다 씨에게 메일이 왔다.

'사람을 소개해달라고 해놓고는 아무런 연락도 하지 않다니 문제 있는 사람이군요. 무슨 일을 그렇게 합니까!'

그런 메일을 보니 분명히 내가 잘못했는데도 화가 났다.

'내가 무슨 사정이 있는 줄도 모르는 주제에!'

단순히 비난만 받은 게 아니라 인신공격까지 당한 데 대한 분노를 느끼며 한 시간이나 들여 반박 메일을 썼다. 내용은 그에 대한 분노로 가득했다.

'왜 그렇게 다짜고짜 화를 내는 거죠? 당신은 나를 인격적으로 비난하는데, 나도 나름대로 사정이 있을 거라는 생각은 조금도 하지 못했나요? 나는 당신의 일방적인 비판에 정말 실망했습니다. 일 처리 방법을 모르는 건 당신도 마찬가지입니다!'

그 메일을 보내지는 않았다. 이튿날 다시 읽어보니 상대의 사정을 묻지도 않고 비판한 것은 나도 마찬가지라는 생각이 들어 메일을 전송할 마음이 사라졌다. 그 후, 기시다 씨한테서는 다시는 연락이 오지 않았다.

그때 나는 어떻게 해야 했을까? 나는 그와 관계를 끊고 싶지는 않았지만 결국 아무런 답장도 하지 않았다. 그저 단순히 '죄송합니다'라고 미안하다는 정보만 보냈으면 됐을 것. 분노나 자기변명의 정보는 넣을 필요가 없었다.

리카의 과제가 진행될수록 나는 타인에게 불만을 제기할 때는 감정이 드러나지 않도록 주의하게 되었다. 상대가 실수했을 때는 리카의 과제를 수행할 때나 마찬가지로 단순히 '틀렸어요'라고 지적하는 것까지만 하고, 필요하면 같은 실수를 되풀이하지 않도록 시범을 보이거나 자세히 설명하는 등 촉진을 하려고 했다.

상대를 비난한다고 해서 변하는 건 없다. 자기가 잘못했다고 생각하는 사람은 없다. 나는 기자 시절에 수도 없이 법원을 들락거렸지만 아무리 증거가 명백한 피고라도 반드시 어떤 변명을 하거나 자기도 사정이 있다고 주장하는 게 놀라웠다. '핑계 없는 무덤 없다'는 말도 있듯이 자신의 혐의를 인정하는 범죄자조차 끝까지 자기 잘못이 아니라고 생각하는 부분이 있다.

"잘 있었어? 근처에 갈 일이 있는데 차라도 한 잔 마실까?"

어느 날 누나한테서 전화가 왔다.

나는 딸아이 문제로 고민하던 중, "부모의 사랑이 부족하기 때문이다"라는 누나의 말에 격노하여 연락을 끊고 지냈었다.

그 말은 잊히지 않을 것이다. 다시는 누나를 만날 일이 없을 거라 생각했다. 하지만 누나는 아무 일도 없었다는 듯 밝은 목소리였다.

정말 아무것도 기억하지 못한단 말인가.

시내의 노천카페에서 누나를 만났다. 나는 만나기 직전까지도 어쩌면 분을 참지 못해서 누나에게 극단적인 행동을 할지도 모른다는 생각을 했다.

하지만 나 자신도 놀라울 정도로, 누나와는 지극히 아무렇지도 않게 담소를 나누었다. 리카를 훈련해온 대로 행동을 관찰하면서 상대가 잘하는 부분은 칭찬해서 장점을 키워주고 잘못하는 부분은 소거하고 있었다. 불쾌한 점이 있어도 분노를 드러내거나 벌을 주지는 않았다.

"너, 전에는 좀 불안정해 보였는데 지금은 꽤 어른스러워졌다, 얘!" 누나가 말했다.

나는 웃었다. 껄껄 웃었다. 폭소를 터뜨렸다. 누나는 내가 왜 그렇게 웃는지 몰라 의아하다는 표정을 지었다. 나는 웃으며 생각했다. 정말 세상은 행동에 따라 변하는가 보다. 나는 상당히 오랫동안, 마음을 닫고 살아왔다.

'얼마나 바보 같았던가.'

사람을 미워하고, 멀리하고, 스스로 고독을 불러온 건 바로 나 자신
이었다.

11장
# 아무도 모르는 언어의 세계

사과라는 한 단어. 그 안에는 빨간 사과도 있고 파란 사과도 있다. 한 입 베어 문 사과도 있고 이파리가 달린 사과도 있다. 나무에 달린 사과, 슈퍼 진열대에 놓인 사과. 그림으로 그려진 사과와 사진 속의 사과, 모형 사과와 실제 사과, 큰 사과, 작은 사과. APPLE과 사과.

제각기 다른데 우리는 이 모두를 사과라고 인식한다. 하나의 단어라도 그건 많은 이미지가 결집된 복잡한 개념으로 이루어져 있다.

기원전 4세기, 그리스 철학자 플라톤은 모든 것에는 말 전에 실체가 있다고 생각하고 그것을 이데아라 불렀다. 예를 들어 사과는 그 이름과 동시에 누가 봐도 그게 사과라고 인식할 수 있는 실체=이데아와 한 몸이다. 이데아가 존재하기 때문에 우리는 파란 사과든, 빨간 사과든, 사과 그림이든 모두 '사과'임을 알 수 있다.

## 배경을 최대한 배제한 사진 카드

　말을 가르칠 때 가장 효율적인 도구는 사물을 촬영한 사진 카드다. 그런데 시중에는 나나 연구팀이 원하는 상품은 없었다. 시판되고 있는 몇 종의 그림 카드가 있었지만 너무 크거나 뒷면에 다른 그림이 있거나 사물의 이름이 적혀 있었다. 아마 사용 목적이 다르기 때문이리라. 시판 중인 그림 카드는 예를 들면 교실에서 선생님이 많은 아이를 상대할 때 아이들에게 보여줄 목적으로 제작된 것 같았다. 하지만 리카에게 필요한 것은 책상에 잔뜩 펼쳐놓을 수 있고, 리카의 작은 시야에 쏘옥 들어오는 명함 크기의 카드였다.

　자폐아는 보통 아이들과는 다른 것에 주의를 빼앗긴다. 예를 들어 사과가 찍힌 사진 카드에 사과 그림자까지 있으면 사과 자체가 아니라 그림자에 주목한다. 배경으로 어떤 풍경이나 방의 모습이 찍혀 있으면 사물이 아니라 배경에 더 주목할지도 모른다.

　나는 다양한 사물의 사진을 찍은 다음 윤곽을 잘라냈다. 불필요한 배경을 제거하여 명함 크기로 인쇄한 오리지널 사진 카드를 만들었다. 예를 들어 자폐증을 앓는 아이가 주목해야 할 포인트를 헷갈리지 않도록 만든 오리지널 사과 사진 카드는 새하얀 배경에 사과 하나만 인쇄되어 있고 그림자도, 불필요한 활자도 없는 단순한 형태였다.

　촬영 대상 사물도 만약 사과라면, 피사체인 사과는 누가 봐도 사과임을 알 수 있는 '보통'의 것을 고른다. '보통'의 것이란 딸아이가 앞으로 다른 사과를 보더라도 그것이 사과임을 이해할 수 있는 두드러진 특징이 없는 것이란 뜻이다.

그런데 '보통'의 것을 고르는 것은 의외로 어렵다. 무엇을 보통이라고 하는 걸까? 빨간 사과? 잘라놓은 사과? 아니면 사과 통째로? 나뭇가지에 달려 있는 게 좋을까? '보통' 사과가 무엇인지를 생각하는 일은 마치 플라톤의 이데아를 모색하는 듯한 철학적인 사색이 되었다. 평소에 의식하지 않아서 그렇지 말의 본질은 철학 그 자체일 것이다.

연구팀과 함께 여섯 개의 카테고리에서 각각 30개씩, 생활에 필요한 최소한의 단어 180개를 선별했다. 처음에는 리카를 위한 사진 카드를 만들려 한 것인데, 원하는 사람이 여럿 있어서 인쇄소에 의뢰해 정식으로 인쇄했다.

여섯 개의 카테고리란 '탈것·장난감·악기' '방에 있는 것·부엌·식기·전기제품' '동물' '벌레·새·식물·수생 생물' '요리·과자' '채소·과일·음료수'였다.

카테고리로 묶은 데는 이유가 있었다. '탈것·장난감·악기'는 놀이 기술로 이어진다. '방에 있는 것·부엌·식기·전기 제품'은 일상생활 기술을 향상시킨다. '동물'과 '벌레·새·식물·수생 생물'은 아이의 흥미를 유발하는 것들이다. '요리·과자'와 '채소·과일·음료수'는 평소의 식생활과 직결된다. 언어장애가 있는 어떤 아이는 자신이 원하는 음료수나 음식이 있을 때 이 카드를 이용한다는 얘기를 들었다.

사진 카드 세트는 각각 200개씩, 총 1,200개를 인쇄했는데 원하는 유치원과 특수학교들이 있어 약 6개월 후에는 모두 소진되었다.

## '사과'라는 단어의 개념을 가르치기

사진 카드가 완성되었으니 드디어 언어 습득이라는 과제를 시작할 때가 되었다. 딸은 '말에 대한 개념'이 없으므로 단순히 "이건 사과야"라고 말하며 사과 사진 카드를 보여주는 것만으로는 전혀 학습되지 않는다.

리카에게 사과라는 음성은 자동차의 경적이나 문 닫는 소리와 구별되지 않는다. 리카는 사과와 오렌지가 각기 다른 의미라는 것도 모른다. 파란 사과와 빨간 사과가 같은 사과라는 것도 모른다. 사과가 과일과 구두와 옷 중 어느 카테고리에 속하는지도 모른다.

이게 '말에 대한 개념이 없다'는 뜻이다. 단순히 말을 하지 못하는 것과 말에 대한 개념이 없다는 것은 근본적으로 다르다. 리카한테는 말의 개념부터 가르쳐야 했다.

사과라는 단어의 개념을 가르치기 위해서 적어도 다음에 나오는 열다섯 가지 단계를 사용했다. 말을 습득시키기 위해서는 지금까지와 마찬가지로 '지시하고, 틀리지 않도록 촉진하고, 신속히 강화하기'라는 사람을 움직이게 하는 세 가지 규칙을 그저 반복할 뿐이다. 그러면서 점점 촉진을 제거해나가서 촉진 없이도 다섯 번 중 다섯 번이나, 열 번 중 아홉 번을 맞추게 되면 한 단계씩 상향 조정한다.

## 사진 카드를 개념의 카테고리별로 나누다

이런 식으로 사진 카드로 얻을 수 있는 약 180개의 단어를 가르쳤다. 어느 정도 개념을 이해하는 단어가 늘어나자 이번에는 '탈것·장난감·악기' '방에 있는 것·부엌·식기·전기제품' '동물' '벌레·새·식물·수생 생물' '요리·과자' '채소·과일·음료수'로 나눈 사진상의 카테고리별로, 겉보기는 달라도 공통된 성질을 갖는 것들에 대해 학습시켰다.

책상 위에 말, 사과, 숟가락, 바지 사진을 올려놓고 "동물, 어떤 거지?" 하고 묻는다. 그리고 전차, 토끼, 레몬 사진을 나란히 놓고 "탈것, 어떤 거지?" 하고 묻는다. 이런 식으로 이해할 수 있는 개념의 덩어리를 늘려갔다.

같은 방법으로 표정과 색에 대해서도 학습을 시켰다.

표정 같은 건 보면 알지 않느냐고 생각할지 모르지만 발달 장애가 있는 사람은 상대의 표정을 잘 읽지 못한다. 상대가 기쁜지 슬픈지 알지 못하는 것이다. 나와 아내는 각각 '기쁜 얼굴' '우는 얼굴' '화난 얼굴'을 사진으로 찍어 단어를 가르칠 때와 마찬가지로 매칭을 활용해 학습시켰다.

'우는 얼굴' 사진을 책상 위에 올려놓고, 똑같이 생긴 다른 '우는 얼굴' 사진을 리카에게 주었다. "포개 봐!"라고 말하고 사진 위에 같은 사진을 포개도록 했다.

성공하면 "울고 있어"라고 말하며 사진을 가리키게 했다.

이 단계도 성공하면 '우는 얼굴'과 '화난 얼굴' 사진을 나란히 놓고 "울고 있어, 어떤 거지?" 하고 물으며 '우는 사진'을 가리키게 했다.

사진으로 표정을 이해할 수 있게 되자 나와 아내는 각각 우는 표정과 화난 표정으로 딸아이 앞에 서서 "울고 있어, 어떤 거지?"라고 물으며 우는 표정을 지은 사람을 가리키게 했다.

색을 이해시킬 때도 이와 똑같은 방법을 이용했다. 색종이를 사진 카드와 같은 크기로 잘라 코팅을 했다.

우선은 책상 위에 놓인 빨간 카드 위에 리카의 손에 쥐여준 빨간 카드를 올려놓도록 했다. 성공하면 빨강, 파랑, 노랑, 녹색 카드도 책상 위에 올려놓고 "빨강, 어떤 거지?" 하고 물으며 정답을 가리키도록 했다.

리카는 지금까지 색에 대한 개념이 없어 빨강과 파랑도 구분하지 못했다. 병원에서 자폐증이라는 선언을 한 것도 색을 전혀 이해하지 못했기 때문이었다. 당시 자폐 선언을 하던 의사의 심각한 얼굴이 떠오른다. 지금이라면 그 의사도 조금은 부드러운 표정이지 않을까?

문자를 가르칠 때는 사진 카드와 같은 크기의 카드에 '아' '이' '우'라고 한 글자씩 히라가나를 적은 다음, 단어를 가르칠 때처럼 카드와 카드를 포개는 것부터 학습시켰다.

"아"라고 말하고 맞는 카드를 가리키게 했다.

가르친 대로 잘 따라하면 '아' '이' '우' 등 다른 카드를 늘어놓고 "아, 어떤 거지?"하고 물으며 후보 중에서 정답을 가리키도록 했다.

50개의 음이 적힌 카드를 식별할 수 있게 된 다음에는 카드를 가리키며 "이건 뭐지?"라고 물었다. 딸은 50음을 발음할 수 있게 되었기 때문에 음과 문자를 일치시켰다. 일본어는 '히라가나' '가타카나' '한자' '로마자' 네 가지 문자를 사용하는데, '히라가나' 학습이 끝나면 '가타카나'로 넘어가는 식으로 진행했다.

## 사과를 가르치기 위한 15단계

### 시작 : 사과 사진 카드로 2차원적 매칭 연습 훈련

1. 사과 사진 카드를 책상 위에 놓고 리카에게 다른 사과 사진을 한 장 준다. "포개 봐!"라고 지시하며 사진 위에 같은 사진을 올려놓도록 한다.

2. 사과 사진과 오렌지 사진을 책상 위에 놓고 리카에게 사과 사진을 준다. '포개 봐!'라고 지시하며 사진 위에 같은 사진을 올려놓도록 한다.

3. 사과, 오렌지, 레몬, 수박 등 책상 위에 놓는 사진 카드의 종류를 늘려간다. 리카에게 사과 사진을 주고 같은 사진 위에 올려놓도록 한다.

### 사과 사진 카드와 미니어처를 활용한 2차원과 3차원의 매칭 훈련

5. 종류를 늘린다. 사과 사진과 오렌지 사진을 책상 위에 두고 리카에게 미니어처 사과를 주며 "포개 봐!"라고 지시하여 사과끼리 매칭하도록 한다. 성공하면 점점 카드의 종류를 늘린다.

6. 이번에는 책상 위에 미니어처 사과를 놓는다. 리카한테는 사과 사진을 주고 미니어처 사과 옆에 사과 사진을 놓도록 한다.

7. 미니어처 사과, 미니어처 오렌지……. 이런 식으로 종류를 늘려가며 사과 사진을 미니어처 사과와 매칭하도록 한다.

## 사과라는 소리와 2차원 혹은 3차원과의 매칭 훈련

8. 책상 위에 사과 사진을 놓고 리카에게 같은 사진 카드를 준다. "사과"라고 말하며 재빨리 사과 사진 위에 같은 사진을 올려놓도록 한다.

9. 사과 사진과 오렌지 사진을 책상 위에 놓는다. 리카에게는 사과 사진을 주고 "사과"라고 말한다. 재빨리 사과 사진 위에 같은 사진을 올려놓도록 한다. 성공하면 사진 카드의 종류를 늘린다.

10. 미니어처 사과를 책상 위에 놓는다. 리카에게 사과 사진을 주고 "사과"라고 말하며 미니어처 옆에 카드를 놓게 한다.

11. 사과, 오렌지, 레몬 등 다양한 미니어처를 책상 위에 놓는다. "사과"라고 했을 때 사과 사진을 미니어처 사과 옆에 놓게 한다.

## 사과라는 소리를 듣고 손가락으로 가리키기

12. 사과 사진 카드를 책상 위에 놓는다. "사과"라고 말하면서 리카가 카드를 손가락으로 가리키게 한다.

13. 오렌지 사진을 추가로 책상 위에 놓는다. "사과"라고 했을 때 틀리지 않고 사과 사진을 가리키도록 한다. 성공하면 카드의 종류를 늘린다.

14. 미니어처 사과를 책상 위에 놓는다. "사과"라고 했을 때 리카가 미니어처를 손가락으로 가리키게 한다. 성공하면 책상 위에 올려놓는 미니어처의 종류를 늘린다.

15. 진짜 사과, 자른 사과, 파란 사과, 빨간 사과 등 다양한 사과를 섞어놓고 "사과"라고 했을 때 손가락으로 가리킬 수 있도록 한다.

## 연속 행동과 기억 장기화라는 과제 해결

다음 과제는 소리를 연속해서 발성하게 하는 것이다.

'아'와 '이'를 따로따로 발음하는 게 아니라 '아이'라고 연속해서 발음하도록 하는 거다.

그런데 우리는 여기서 벽에 부딪치고 말았다. 낱소리는 잘 따라 했는데 연속 발음은 어려운 모양이었다.

"말해 봐! 하나."

예를 들어 '아이'라는 2음절로 된 단어를 따라 하라고 하면, 리카는 "아아아아아아아아아 이이이이이이"하는 식으로 한 음절씩 연속해서 발음해버렸다. 어째서 2음절을 연속으로 발음하지 못하는 걸까? 연구팀과 상의한 끝에 두 가지 행동을 연속해서 하는 훈련을 추가하기로 했다.

"손뼉을 치고, 일어서."

이미 획득한 '손뼉을 치다'나 '일어서다' 같은 동작을 연속해서 하도록 지시했다. 소리와 달라 동작은 촉진하기가 쉽다. 바로 딸아이가 동작하는 것을 도와 손뼉을 치게 하고 의자에서 일어서도록 했다. 성공하면 크게 칭찬하여 강화했다.

그리고 기억을 오래 유지하는 훈련도 추가했다. 기억력이 없기 때문에 첫음절을 말하는 사이 두 번째 음절을 잊어 연속 발음이 안 되는 건지도 모른다.

리카를 벽에 붙은 전등 스위치까지 데려가 "불 켜"라고 지시했다. 스위치를 켤 수 있게 되면 서서히 스위치에서 멀어지게 했다. 그러면 얼마 후 스위치 반대 방향에 있는 벽으로 리카를 데려가 "불 켜"라고 지시해도 방 반대편 벽까지 가서 불을 켰다.

마찬가지로 리카를 멀찌감치 떼어놓은 다음에 "베개 만져 봐"라든가 "인형 가져와"라는 지시도 각각 완수할 수 있도록 했다.

다음 단계는 연속 행동과 기억 장기화라는 두 가지 과제의 연결이다.

"불 켜고, 다시 의자에 앉아."

"베개 만지고, 인형 가져와."

이런 복잡한 지시도 제대로 소화할 수 있게 되자 다시 발음 연습으로 돌아갔다. 리카는 이제 2음절 이상의 연속 발음도 무난히 해내고 있었다. 그렇다면 그저 소리가 아닌 의미 있는 단어도 발음할 수 있지 않을까?

## 마침내 자기 이름을 말할 수 있게 된 리카

지금까지의 훈련을 통해 이제 '사과'라는 단어는 알게 되었으므로 거기에 음성을 싣기로 했다.

"말해 봐! '사'."

처음에는 '사'라는 한 음절만 모방하도록 했다.

"말해 봐! '사과'."

그리고 2음절을 연이어 모방하게 한다.

듣기와 말하기, 이 두 가지는 어학에서 밀접한 관계가 있다. 듣기는 잘해도 말하기가 부족하면 어학 실력은 늘지 않는다. 리카에게도 말하기는 커다란 과제였다.

"어떤 게 사과지?"라고 물었을 때 즉각 사과를 고를 수 있는 능력은 있지만 자신이 "사과"라고 발음하지 못한다면 언어 발달은 낮은 수준에 머물게 된다. 여러 달이 걸리기는 했지만 매칭에서 큰 동작 모방, 작은 동작 모방, 발음 연습, 연속 행동 같은 훈련을 거쳐 드디어 리카는 단어 발음을 따라 할 수 있게 되었다.

"사·과."

우리는 발음을 모방하는 것에 그치지 않았다.

"이건 뭐지?"

사과 사진을 보여주며 물었다.

"사과."

드디어 리카는 말에 대해 말로 대답할 수 있게 되었다.


사과를 발음하게 한 것과 같은 방법으로 오렌지, 멜론, 바나나 등 사진 카드로 개념을 익힌 단어를 차례차례 음성화시켰다.

과일 등 먹을 것 이름을 우선으로 학습시킨 이유는 생명 유지에 필수적이기 때문이다. 그다음은 셔츠, 바지, 화장실 등 생활과 관련된 단어였다.

의외로 생각될지도 모르겠으나 개구리, 개미, 사자 등 동물이나 곤충 같은 단어도 우선순위를 높게 잡았다. 이런 단어들은 그림책에 자주 등장한다. 그러니까 그림책을 읽는 기술과 직결되는 것이다.

그 무렵부터 리카는 그림책을 주면 읽기 시작했다. 겨우 두 살 정도가 읽는 아주 초보적인 10쪽 정도의 그림책에 불과했지만, 더듬더듬 발음도 불안정했지만, 처음으로 리카가 그림책을 소리 내어 읽었을 때는 온 식구가 뜨거운 박수갈채를 보냈다.

몇몇 단어를 말할 줄 알게 되었기에 이제 리카에게 있어 가장 중요한 단어를 가르치기로 했다. 그건 바로 자신의 이름이었다. '리' '카' '짜' '앙'하고 한 음절 한 음절 가르친 다음, '리카' '짱'하고 음절을 연결하고, 마지막으로 '리카짱'이라 발음하도록 했다.

"이름은?"

"리, 카——짜?"

발음은 완벽하지 않았지만——솔직히 말해 대단한 음치였다——딸아이가 자신의 이름을 인식하고 입 밖으로 소리 낸 순간이었다. 자신의 이름을 이해하고 발성할 수 있는 존재는 인간뿐이다. 이건 훈련된 천재 침팬지도 할 수 없는 일이다.


## 피글렛 머리띠 유무에 따라 자기 인식이 달라지는 리카

거리의 은행나무 잎이 노랗게 물든 어느 가을날, 딸아이를 데리고 아내와 함께 디즈니랜드를 찾았다. 디즈니랜드는 장애가 있는 사람에게 지구 상에서 가장 안전하고 친절한 오락 시설이 아닐까. 보통 사람들은 그냥 지나쳤을지도 모르지만 디즈니랜드에는 손으로 만져 놀이동산 전체의 형상을 알 수 있도록 제작한 모형도 있고, 슬로프의 각도나

폭은 휠체어를 타고도 불편 없이 다닐 수 있도록 신경 썼으며, 줄을 서기 힘든 사람까지 배려한 지혜가 공원 곳곳에 넘쳐난다. 우리 가족은 지금까지 50회 이상 이곳을 찾았다.

그날 나는, 피글렛(《곰돌이 푸》에 등장하는 꼬마 돼지 캐릭터) 머리띠를 사서 리카에게 씌워주었다. 머리띠에는 분홍색 꼬마돼지 귀가 달려 있었다. 리카는 싫은 내색 없이 머리띠를 하고 있었고, 우리는 사진도 여러 장 찍었다.

그 후 며칠이 지났다. 리카는 그날 디즈니랜드에서 찍은 사진들을 들여다보고 있었다. 사진 감상은 리카의 취미 중 하나다. 나는 별생각 없이 리카가 찍힌 사진을 가리키며 이렇게 물었다.

"이건 누구야?"

그러자 리카는 이렇게 대답했다.

"리카짱."

이제 자기 자신은 완전히 이해하고 있는 모양이었다. 나는 리카가 찍힌 다른 사진을 보여주었다.

"이건 누구야?"

"피글렛."

"……?"

순간 멈칫했다. 다시 자기가 누군지 잊어버렸나? 하지만 두 사진을 비교해보니 처음 사진은 리카의 머리에 아무것도 없었고, 두 번째 사진에서는 리카가 피글렛 머리띠를 하고 있음을 알 수 있었다.

'아하! 그래서 그랬구나.'

이번에는 피글렛 머리띠를 한 리카의 다른 사진을 보여주며 "이건 누구지?"하고 물었다. 리카의 대답은 이번에도 "피글렛"이었다.

'역시!'

"자, 이건?"

이번에는 머리띠를 하고 있지 않은 리카의 사진을 보여주며 물었다.

"리카쨩."

신이 난 나는 아내를 불러 다시 같은 질문을 해 보았다. 아내도 무척이나 기뻐했다. 우리는 리카가 머리띠가 있고 없음에 따라 자기를 리카 혹은 피글렛으로 바꿔 부른다는 사실을 대단히 고도의 능력이라 생각했다. 이는 추론적이며 추상적인 사고다. 학습으로 배운 것을 리카는 자기 나름대로 응용하고 있었다.


## 사회적 관계성을 이해하게 된 리카

나와 아내는 가끔 서로를 가리키며 '이 사람은 누구니?' 하고 묻곤 했다. 그리고 자기 자신을 가리키며 묻기도 했다. 하지만 리카는 답이 없었다.

리카는 사과나 자동차처럼 사물을 지칭하는 단어는 하나하나 발음할 수 있게 되었는데 부모라는 사회적 개념에 대한 이해는 좀처럼 형성되지 않았다. 우리 부부는 각자의 사진을 찍어 사진 카드로 만든 다음, 일반적인 단어를 가르칠 때와 마찬가지로 '아빠' '엄마'라는 단어를 가르쳐보기도 했다.

하지만 내 사진을 보고 "이 사람은 누구니?" 하고 물으면 "아빠"라고 대답하기는 했지만 실물의 나를 아빠라고 부르지는 못했다.

부모 자식이란 단순히 사물을 가리키는 명사가 아니라 리카 자신까지 포함된 사회적 관계성이다. 사과나 바나나 같은 단순한 사물은 비교적 쉽게 익혔는데 사회적 관계성은 좀처럼 이해하지 못했다.

그때가 언제였던가. 시간에 대한 기억은 매일 반복되는 훈련 속에 이미 매몰되어버렸다. 매일 기록하는 학습 일기를 다시 읽어봐도 그날의 기록은 남아 있지 않다. 하지만 그날 무슨 일이 있었는지는 기억에 또렷이 남아 있다.

훈련 중 휴식 시간에 딸아이는 거실로 나와 있었다. 그날도 또 실패할 거라는 생각을 하면서도 나는 나를 가리키며 물었다.

"내가 누구지?"

"파… 파?"

발음은 엉망이었지만 딸아이는 드디어 정답에 도달했다. 이 기회를 놓치고 싶지 않았다. 나는 바로 옆에 있던 아내를 가리키며 물었다.

"이 사람은 누구지?"

"마…암마."

발음은 일본어를 기준으로 하면 어눌하지만, 아내의 제2언어인 이탈리아어와는 아주 흡사하게 들리는 게 신기했다.

이건 '말은 평생 못 할 것이다'는 선고를 받은 아이에게 하나의 목표가 될 터이다.

리카는 그 후 같은 훈련을 거듭 반복했다. 리카가 3년 동안 습득한 어휘는 3천 개가 넘었다. 사진 카드는 이제 추가 제작하지 않았다. 모든 단어를 말할 수 있게 된 뒤로는 모르는 단어를 만나도 말로 가르쳐주면 익힐 수 있게 되었기 때문이다.

"이건 크루아상."

리카는 크루아상이라는 단어를 처음 들었는데도 내가 말하는 대로 금방 따라 했다.

"크, 루, 아상."

"이건 밀크티야."

아내가 말했다.

"밀크티──!"

리카가 따라 한다.

"이제 코──자자!"

내가 말했다.

"네에."

리카는 대답을 하고 침대에 눕는다.

리카는 이제 스스로 학습하는 것이 가능해졌다.

자폐증이라는 얘기를 들었을 때는 절망밖에 없었다. 지금은 성장에 대한 희망과 기쁨이 있다.

딸아이는 보통 사람이 백 걸음 나가는 동안, 한 걸음밖에 못 나갈지도 모른다.

하지만 아무리 느려도 사람은 반드시 성장할 수 있다.

# 12장

# 마음의 문이 열리다

"……딸아이한테 일어난 일은 친한 친구에게도 말하지 않았어요. 직장에서도 아무도 모릅니다. 회사에는 계속 다녔지만 이면에는 이런 일이 있었습니다."

나는 의사에게 이렇게 말하며 얘기를 마무리했다.

의사는 잠시 침묵했다. "자폐증을 고친다……. 저도 그런 얘기는 들어 본 적이 없습니다. 놀랍군요. 당신의 행동과 결과는 정말 존경스럽습니다."

"아니, 아직 완치된 게 아닙니다. 좋아지는 중이지요."

나는 당황해서 말했다.

"그런데…… 집안에 그런 일이 있어서 혹시 일하시는 데 힘들지는 않았나요?"

"회사 일은 아주 순조롭게 진행되고 있어요."

그 무렵, 나는 자기계발에 관심 있는 사람이라면 누구나 아는 어떤 세계적인 프로젝트를 일본에서도 성공시켜 아주 바쁜 나날을 보내고 있었다. 딸아이의 훈련에 활용한 응용행동분석을 업무에 응용하니 신이 날 정도로 프로젝트가 잇따라 성공했다. 주변에는 많은 사람이 몰려들었다.

의사는 의외의 말을 했다.

"당신은 지금 안색도 나쁘고 굉장히 지쳐 있는 것 같습니다."

"네. 확실히 요즘 몸이 너무 나른해요. 하지만 바빠서 그런 거니까요."

정말이지 몸이 휘청거릴 정도였다.

"제가 진단하기엔…… 당신은 우울증입니다."

．．．

돈은 썰물이 빠지듯 서서히 사라지기 시작해, 정신이 들었을 때는 이미 돌이킬 수 없는 상황이 되고 만다. 내가 이런 사실은 깨달은 건 어렸을 때다.

기력이나 에너지도 돈과 비슷해 어떤 계기로 줄어들기 시작하면 어느새 회복 불가능한 상태까지 소모되어 있다. 바로 지금이, 그렇다.

몸을 가눌 수 없이 나른한 것도 바빠서일 테지. 그다지 신경 쓰지 않고 있었는데, 어느 날 우연히 동료인 오노 씨에게 이야기하자 그의 낯빛이 순식간에 바뀌면서 어떤 병원을 추천해주었다.

오노 씨에게 병원 전화번호와 주소를 받았다. 우울증 경력 10년. 그는 프로 우울증 환자다. 우울증에 관한 책도 썼는데, 몇만 부나 팔리면서 베스트셀러가 되었다. 내 몰골을 보자마자 내가 무너지기 직전이라고 아니 이미 무너지기 시작했는지도 모른다고 생각한 모양이다. 나는 내 상태에 대해 전혀 알지 못했다. 오히려 이렇게 좋은데, 나는 그의 걱정이 지나치다고 생각했다.

"괜찮아요. 지금은 컨디션이 별로지만 곧 다시 좋아지겠죠."

"거울은 봤어요? 당장에라도 쓰러질 것 같군요. 에너지가 바닥났어요. 당신은 슈퍼맨이 아니잖아요. 자각 증상이 오기 전에 얼른 병원에 가보세요."

나는 이렇게까지 신경 써주는 것이 고마워 할 수 없이 병원으로 발걸음을 옮겼다. 그리고 그곳에서 우울증이라는 말을 들었는데도 선뜻 믿기지가 않았다.

그 후로도 계속 회사에 나갔다. 그러던 어느 날 아침, 일어나려는데 몸이 전혀 말을 듣지 않았다.

그날 이후, 하루 대부분을 거의 누운 채 지냈다.

리카의 훈련 기간인 3년이 지났다. 연구팀이 딸아이를 훈련하는 풍경은 이제 집에서 사라졌다. 지금까지의 일상은 전쟁 같았고, 축제 같기도 했다. 하루 일곱 시간, 주 40시간, 연구팀 멤버가 교대로 집에 드나들며 "잘했어──!"라는 말로 딸아이를 칭찬하는 소리와 신이 난 딸아이의 웃음소리가 허공에 울리는 시끌벅적했던 나날은 이제 여기에 없다. 딸아이가 초등학교에 다니게 된 지금, 한낮의 집안은, 과거의 그 떠들썩했던 순간들이 진짜 존재했던가 싶을 정도로 고요하기 그지없다.

집 밖으로 나가지 않은지 두 달쯤 되었으려나. 외출만 하지 않는 게 아니라 내 방 밖으로는 거의 나가지 않았다. 하루 대부분을 거의 침대에 누워 지냈다. 면도도, 세수도 하지 않았다. 몰골이 말이 아니었다. 내가 이렇게 될 줄은 몰랐다.

일이 한창 잘 풀릴 때, 주변에 있던 그 많은 사람은 내가 일을 그만두자 놀라운 속도로 곁을 떠나갔다.

가장 친하다고 생각했던 회사 동료에게 요즘 상황을 좀 알려달라는 메일을 보냈지만 답장조차 없었다. 할 수 없이 다른 동료에게 업무 상황 좀 알려달라, 괜찮으면 차 한잔 하는 게 어떠냐고 물었으나 단칼에 거절당했다.

내가 열의를 가지고 키워놓은 몇몇 프로젝트는 아무런 인수인계나 연락도 없이 다른 동료에게 넘어갔다. 최선을 다해 열심히 일하다 보면 마치 그 일은 나만 할 수 있는 것처럼 여기기 쉽다. 하지만 사실은 얼마든지 바뀔 수 있다. 그게 조직이라는 것이다. 다시 복귀한다 해도 이제 그때 그 일은 내게 돌아오지 않을 것이다. 하긴 복귀할 수 있을 만큼 회복될 수나 있을까.

"저 사람은 이제 틀렸어."

"완전히 망가진 것 같더군."

머릿속에서는 이런저런 사람들의 비웃는 소리가 들렸다.

'그럴 리 없어! 난 아직 죽지 않았다고!'

마음속으로 아무리 반박해도 몸은 점점 무거워져갔다. 증상은 내가 느끼는 것 이상으로 심각했다. 눈에 비친 세상은 하루하루 슬픔으로 가득 차 올랐다. 이렇게 된 이유가 뭘까?

우선 돈 문제가 있었다. 딸아이 훈련을 시작하면서 각오는 했지만 비용은 상상 이상으로 부담이 컸다. 3년이나 한 달도 거르지 않고 고액을 지출하다 보니 통장은 바닥이 났다. 수입은 거의 늘지 않았는데 사치스러운 생활 방식은 바꾸지 못했다. 아직도 소유하고 싶은 게 많았다. 수입은 반으로 줄었는데 지출은 배가 되었다. 처음에는 통장 잔액이 줄어도 신경 쓰지 않았다. 신경이 쓰이기 시작했을 무렵에는 이미 위험수위를 넘고 있었다.

매달 지출이 수입을 넘기 시작했다. 현금이 부족해지기 시작했기 때문에 신용카드를 꺼내는 일이 많아졌다. 결국에는 결제일에 통장 잔액이 부족해져서 대출금을 갚으려고 대출을 하기에 이르렀다. 여기까지 오면 이제 낭떠러지로 굴러떨어지는 건 한순간이다. 대출은 수입의 40퍼센트에 육박했다. 상환은 어려워지고 있었다.

두 번째 이유는 딸아이의 지적 성장이 어느 정도까지 급성장하다가 멈춰버렸다는 것이다. 딸아이는 눈부실 정도로 발전했지만 초등학교에 입학할 때까지 보통 아이들 정도의 지능지수를 따라가지는 못했다. 많은 단어를 이해하기는 했지만 또래 아이들 수준에는 한참 못 미쳤다. 공립초등학교 특수반에 다니면 원하지 않아도 일반 학급 아이들이 눈에 들어온다.

'어째서 보통 아이들처럼 되지 못했을까? 응용행동분석을 일 년만 더 일찍 시작했더라면 결과가 달라졌을까……'

## 돌고래 여행에 참가하라는 권유

인터넷 비즈니스로 큰 성공을 거둔 억만장자를 업무상 사전 인터뷰한 적이 있다. 그는 도쿄 해안 지대에 개발된 최고급 신축 아파트에 살면서 주말에는 자신이 소유한 크루저를 타고 여가를 즐겼다. 30대에 이 정도로 성공한 사람도 드물다. 이런저런 이야기를 하던 중 내가 요리가 취미라고 하자 그는 조만간 집으로 놀러 가도 되겠느냐고 물었다. 그런 말은 대개 인사치레기 때문에 나도 언제든 와도 좋다고 답했다.

회사를 쉰 지 한참 지난 어느 날, 그에게서 정말 전화가 왔다.

"내일 댁 근처에 갈 일이 있는데 놀러 가도 되겠습니까?"

"아……네…… 괜찮기는 합니다만…….." 나는 하는 수 없이 대답했다.

그런데 누군가 나를 찾아온다는 게 생각보다 기분 좋은 일이었다. 집을 청소하고 요리를 준비하면서 오랜만에 기분이 상쾌해졌다. 그날은 마침 질 좋은 사프란이 남아 있길래 오븐이 아닌 직화구이 식으로 빠에야를 만들어 대접했다. 빠에야의 맛은 사프란 향으로 결정된다.

"정말 맛있네요. 식당을 해볼 생각은 없나요?"

그는 소년처럼 웃으며 즐거운 얼굴로 말했다. 그리고 이런 말을 덧붙였다.

"제가 아는 어린이 지원 단체에서 장애아 몇 명을 데리고 하와이로 돌고래 여행을 가요. 저렴한 비용으로 다녀올 수 있는데 어떠세요?"

그는 그 여행의 후원자 중 한 명이었다.

나는 돌고래 테라피라는 건 믿지 않는다. 과학적 근거가 없다는 걸

조사를 통해 이미 오래전부터 알고 있었다.

"별로 관심이 안 가는데요······."

하지만 억만장자는 내 말에는 전혀 개의치 많고, 반강제로 돌고래 여행 주최자 연락처를 알려주었다. 연락해볼 생각은 전혀 없었다. 안 그래도 우울증 때문에 걷기도 힘든데 외국이라니······.

장애가 있는 아이와 외국에 나간다는 건 위험성이 따르는 일이다. 게다가 혼자 몸 움직이는 것도 고통스러운데 자폐증이 있는 아이까지 데리고 간다는 건 불가능했다. 아내는 일 때문에 함께할 수도 없다. 나 혼자 리카를 데리고 간다고? 절대 불가능하다!

"갈 거죠?"

그는 다짐이라도 받아낼 기세로 물었다.

"호의는 감사한데 못 갈 거 같아요."

나는 단호하게 거절했다.

하지만 그는 마치 내 말을 전혀 못 들은 것처럼, 내가 주최자에게 연락할 때까지 내버려두지를 않았다.

그 후로 연락했느냐는 메일을 몇 번이나 받는 사이 나는 지치고 말았다. 할 수 없이 여행 주최자를 만나러 가기로 했다.

'일단 얘기만 듣고 거절하면 되겠지.'

주최자는 오하라 노부코大原信子라는 한 민간 비영리 단체의 대표였다. 그녀는 억만장자와 분위기가 비슷했다. 밝고 시원시원하며 행동파였다. 언젠가는 나도 저런 사람이 되고 싶다고 생각했던 탁월한 커뮤니케이션의 소유자. 나와는 정반대 인물이었다······.

그녀는 지금까지 크리스마스나 휴일에 아동복지시설의 아이들을 데리고 도쿄 디즈니랜드에 가거나 부모와 자녀 교육에 관한 상담 활동을 해오고 있었다. 마이클 잭슨이 일본을 방문했을 때 디너쇼에 초대받아 다운증후군 아이들과 함께 다녀오기도 했다.

'저 사람이라면 믿고 다녀와도 되지 않을까?'

일단 여행에 대한 소개 정도만 받고 참가할 생각은 없었는데 그녀의 이야기를 듣는 사이 마음이 즐거워지면서 나도 모르게 이런 말이 나왔다.

"꼭 참가하겠습니다! 딸아이가 돌고래와 노는 모습을 어서 보고 싶군요."


## 편도 티켓이 되기를 빌다

"아, 난 돈이 없지……."

돌아오는 길에 문득 통장이 바닥난 지 오래라는 사실이 떠올랐다. 하지만 왠지 신청을 취소하고 싶지는 않았다. 그 여행에는 분명 뭔가가 있을 거라고, 머릿속에서 누군가 그렇게 말하고 있었다.

여행 비용은 총 20만 엔이었다. 어떻게 마련하지? 에잇, 어떻게든 되겠지! 그래, 신용카드를 쓰자.

기계에 카드를 넣고 최대한 서비스를 받기로 했다.

'서비스 이용 가능 금액 0엔.'

화면에는 이런 표시가 떴다. 다른 카드를 넣어보았다.

'서비스 이용 가능 금액 0엔.'

가지고 있던 모든 카드를 넣어봤다.

'서비스 이용 가능 금액 0엔.'

가지고 있던 카드의 현금 서비스 한도는 이미 초과 상태여서 이젠 서비스를 받을 수 없었다.

언제 이렇게 많이 빌렸지?

다중채무자는 자신이 돈을 얼마나 빌렸는지 파악하지 못한다. 별생각 없이 돈을 빌려서인지, 대출금이 너무 많아서 계산이 안 되는 건지, 그들 대부분은 머지않아 임의 정리나 파산을 하고 만다. 몇 년 전만 해도 천국 같은 생활을 만끽하며 미래에 대한 불안이라고는 전혀 모르고 살던 내가 완전히 파산 직전의 다중 채무자가 되고 말았다.

이젠 빠져나갈 여지가 없었다.

그런데 오히려 배짱이 생겼다. 가전매장에서 쇼핑 가능한 한도액을 총동원해 30만 엔짜리 컴퓨터를 샀다. 그리고 바로 중고 판매점으로 가 20만 엔에 되팔았다. 나와 리카의 여행비였다. 혹여 편도 티켓이 되어도 좋다는 생각까지 들었기 때문이다.

파산한 백만장자는 마지막 카드로 고급 호텔에서 마지막 룸서비스를 즐기며 자신의 인생을 마감한다는 도시전설이 떠올랐다. 가능하다면 비행기가 추락하거나 배가 침몰하기를…… 이제는 그만 살고 싶다. 돈도 없고 마음도 병들고 그동안 쌓아 올린 경력도 무너지고 말았다.

이제 인생에 행복 따위는 존재하지 않는다.

## 내가 인상이 좋다고?

오하우 섬 마리나에서 요트를 전세 내어 바다로 나갔다. 요트로 우리를 돌고래가 나타나는 포인트까지 데려가 준 현지 여성 가이드는 밝고 큰 소리로 승객들에게 말했다.

"자, 돌고래 포인트에 도착하면 돌고래 친구들의 음파를 흠뻑 느끼시기 바랍니다!"

나는 '말도 안 되는 소리!' 하며 속으로 웃었다. 돌고래 테라피는 과학적으로 아무런 근거도 없다는 사실도 모르나. 돌고래의 초능력 따위나 믿다니, 인생의 쓴맛은 경험도 못해 본 복 많은 사람이로군.

두 시간 후. 돌고래 출현 포인트에 도달한 요트는 그곳에서 멈췄다. 다른 승객들은 차례차례 구명조끼를 입고 바다로 뛰어들었다. 돌고래 떼를 만났는지 함성이 들려왔다.

나와 리카도 구명조끼를 입고 바다로 들어갔다. 봄인데도 먼바다는 수온이 낮아 이가 덜덜 떨렸다. 리카는 공포감에 사로잡혔다. 우리는 뒤늦게 물에 들어간 탓에 다른 무리와 요트에서 점점 멀어지기 시작했다. 다들 우리를 잊고 돌아가버리면 어떡하지? 그건 무서운 상상이기는 했지만 거역하기 어려운 매력도 있었다. 이 아이와 함께 바닷속으로 가라앉았으면……

하지만 나쁜 일은 아무것도 일어나지 않았다. 당연하다는 듯 승객의 상황을 완벽하게 파악하고 있던 요트의 승무원 중 한 명이 무리에서 점점 멀어지고 있는 우리를 도우러 다가오고 있었다.

"괜찮아요?"

"요트로 돌아갈게요."

리카는 바다의 찬 기운 때문에 칭얼거리고 있었다. 그래서 우리는 다른 무리보다 먼저 요트로 돌아가기로 했다.

"돌고래의 음파를 느끼세요!"

씩씩하게 외치던 여성 가이드는 자신은 물에 들어가지 않고 참가자들의 상태를 살피기 위해 배 위에 남아 있었다.

나는 예전부터 낯을 많이 가렸고, 사람을 불쾌하게 만드는 재주가 있었다. 분명 그때도 다른 사람들이 보기에 불쾌한, 찡그린 표정을 짓고 있었을 것이다. "이쪽으로 오지 마! 말도 걸지 마!"라는 듯, 타자의 침입을 완전히 차단하는 방어막을 치는 게 내 특기였다.

그런데 그녀는 그 장벽을 가뿐히 부수고 내게 말을 걸어왔다.

"사실 저도 아이가 있었는데 태어나자마자 죽었어요. 장애가 있었거든요. 그래서 전 알 수 있답니다. 당신이 열심히 노력하고 있다는걸요. 원래 이런 말 잘 안 하는데……."

"왜 나한테 그런 말을 하는 거죠?"

한 점 티도 없고 아무런 걱정도 없어 보였던 그녀에게도 말 못할 상처가 있었다. 하지만 그런 중요한 얘기를 왜 하필이면 사람 싫어하는 나한테 하는 걸까? 이유를 알 수 없었다.

그녀는 말했다.

"그야, 당신은 처음 봤을 때부터 웃는 얼굴에, 인상이 좋았으니까요. 얘기를 잘 들어줄 것 같았죠. 당신은 상대의 눈을 보며 말을 들어주잖아요. 특히 일본 사람들은 표정이나 반응이 별로 없어서 말 걸기가 어려운 법인데, 당신은 커뮤니케이션 능력이 다른 일본인들과는 다르더군요. 마치 하와이 사람 같아요."

"뭐라고? 내 인상이 좋다고? 이 사람이 대체 무슨 소리를 하는 거지!"


## 딸이 아닌 나 자신을 훈련하고 있었다

내가 생각했던 나 자신의 이미지와는 완전히 반대되는 얘기를 들은 나는 당황스러웠다. 게다가 나는 우울증의 나락에서, 신용카드의 쇼핑 한도로 구매한 컴퓨터를 되판 돈으로, 게다가 이것이 편도 티켓이기를 바라는 마음으로 하와이를 찾은, 모든 것을 잃은 위험인물이었다. 그런 내가 '인상이 좋다'고? 그럴 리 없잖아!

거울에 비친 내 얼굴은 늘 어둡고 우울했다. 자신에게 보내는 나의 시선은 분명 어두웠다. 그런데 자기 자신한테는 어두운 표정이면서 다른 사람한테는 밝은 미소를 보낼 수 있다는 게 가능할까?

언제나 미간을 찌푸린 채 불쾌함을 있는 그대로 드러내며 살아온 내가 사람들을 웃는 얼굴로 대하고 있다고……?

사실 "웃는 얼굴이 보기 좋다"는 말을 지난 2, 3년 사이 가끔 듣기는 했다. 하지만 사람을 잘못 봐도 너무 잘못 봤다는 생각에 한 귀로 듣고 한 귀로 흘렸다.

그런데 이 청명한 북태평양의 마법에 걸린 건지 모르겠으나, 나는

'내가 사람을 웃는 얼굴로 대하게 되었나 보다'는 사실을 순순히 받아들이기로 했다.

정말 사람을 웃는 얼굴로 대하게 되었다면 이유는 하나일 것이다. 그동안 리카가 학습하는 모습을 칭찬하고 격려해왔기 때문임이 틀림없다. 나는 지난 3년 동안 말이라고는 한마디도 모르는 딸아이에게 전해지도록 큰 에너지를 담아 최선을 다해 칭찬해왔다.

아이를 칭찬하는 데 사용한 에너지의 양은 다른 부모들의 열 배, 아니 백 배는 될 것이다.

"감정을 실어서 마치 배우가 된 것처럼 칭찬해주십시오."

연구팀은 이렇게 칭찬 방법을 지도해줬지만 칭찬에 연기는 전혀 필요치 않았다. 딸아이가 매일, 정말 조금씩이라도 말을 배우고 뭔가 새로운 것을 해낼 때마다 마음 깊은 곳에서부터 감동이 북받쳐 진심으로 칭찬이 우러나왔다.

리카는 칭찬을 받으면 무척이나 기뻐했다. 딸아이가 기뻐하는 모습은 나 자신에 대한 포상이었고, 나는 칭찬하는 게 더 좋아졌다. 딸아이 곁에 있으면서 나는 나도 모르는 사이 미소 천재가 되었는지도 모르겠다.

그렇다면 나는 딸아이로부터 미소 테라피를 받은 셈이다.

훈련된 것은 딸이 아니라 나 자신이었던 것이다!

## 웃는 얼굴이라는 최고의 선물

돈도, 일도, 에너지도, 친구(라고 생각했던 사람들)도 모두 잃었다고 생각했는데 딸아이한테서 웃는 얼굴이라는 최고의 선물을 받았음을 지금 이 순간 깨달았다.

커뮤니케이션 능력에 치명적인 문제가 있는 게 아닐까 싶을 정도로 대인관계에 서툴던 내가 어느새 상대의 눈을 보며 이야기하고, 듣고, 미소 지을 수 있게 되었다니.

교수를 비롯해 연구실 멤버들이 어쩌면 그렇게 하나같이 선남선녀였는지 조금은 알 것 같았다. 가르치는 건 가르침을 받는 것이기도 하다. 그들 또한 지도하던 자폐아들로부터 미소나 커뮤니케이션의 본질을 배웠던 것이다. 그건 사람을 매력적으로 만든다.

훗날 닥터 니시무라를 방문했다.

"그런데 왜 저는 제가 웃는 얼굴로 바뀌었다는 걸 못 느꼈을까요?"

"나는 내 표정을 보지 못하니까요."

그는 당연하다는 듯 말했다.

"사람은 거울을 볼 때도 표정을 만든답니다."

"그렇다면 왜 웃는 횟수가 많아졌다고 말해준 사람이 거의 없었을까요? 누군가 그런 얘기를 해주었더라면 좋았을 텐데요……."

"사람들이 이야기해주지 않은 건 아마 눈에 보이지 않을 정도로 조금씩 변화했기 때문일 거예요. 매일 만나는 사람일수록 변화를 알아채기 어렵죠."

230

그가 말했다.

"만약 당신의 첫인상이 나빴다면 아무리 도중에 변했다고 해도 그 첫인상을 바꾸기는 어렵거든요. 가까운 사람일수록 변화를 알아채기 어렵습니다."

"적어도 지금의 당신은, 처음 만나는 사람으로 하여금 대화하기 편한 사람이라는 인상을 줄 겁니다."

선착장으로 돌아가는 요트 주변에는 어뢰 같은 속도로 궤도에서 뛰노는 돌고래 떼가 있었다. 여성 가이드는 승객들을 향해 활력 넘치는 목소리로 외쳤다.

"자아! 돌고래 친구들의 음파를 흠뻑 느끼세요! 배 위에서도 큰 효과를 볼 수 있답니다."

딸아이는 요트의 뱃머리에서 폭발할 듯 웃으며 바람을 맞고 있었다. 그 모습을 보는 나도 분명 최고의 미소를 짓고 있었을 것이다.

나는 아무런 편견 없이 돌고래의 음파를 느껴보기로 했다. 과학적으로 근거가 없다고 생각하던 돌고래 테라피를, 지금은 내가 즐기고 있다. 물론 근거는 없다. 하지만 그 어느 때보다 기뻐하는 딸아이의 웃는 얼굴을 보고 있자니, 나는 효과가 '없다'고 단정하기는 아깝다는 생각이 들었다.

그건 일종의 '의욕'이 아니었을까? 있다고 생각하면 있고, 없다고 생각하면 없다. 그렇다면 있다고 생각하는 게 즐거운 인생 아닐까?

순간, 뭔가 이상한 느낌이 들었다.

모든 에너지가 고갈되어 즐거움과는 무관하게 살아온 내가, 인생을 즐겁게 만드는 것에 대해 생각하고 있었다.

오래전에 내게서 사라졌던 긍정적인 생각 아닌가!


## 소원은 이미 이루어졌다

그날 저녁, 호놀룰루로 돌아온 나와 딸은 손을 잡고 저녁놀로 물든 와이키키 해변을 걷고 있었다. 해가 저물어가는 시간과 공간 속에서 나는 딸아이와 밀착되어 지냈던 지난 3년을 영상처럼 떠올리고 있었다.

돌고래와의 우연한 만남은 내게 무언가를 가져다주었다. 왠지 마음에 동요가 사라지고 차분해져 있었다.

3년 전, 사과 농장에서 딸아이가 뒤도 돌아보지 않고 끝없이 앞으로만 내달리던 그날 밤의 일이 떠올랐다. 잠자리에 들기 전 나는 거울 속의 나에게 이렇게 말했다.

"소원을 들어주면 나의 가장 소중한 걸 줄게"라고.

"소원은 이루어져 있었어……."

나는 지금 깨달았다.

당시의 리카는 산책이라도 갈라치면 악마 같은 형상으로 우리의 손을 뿌리치며 있는 힘을 다해 저항했다. 말은 한마디도 이해하지 못했고, 의사들은 상태를 지켜보자며 순간적인 위로를 해줄 뿐이었다.

내 소원은 리카와 손을 잡고 조용히 걸어보는 것. 엄마, 아빠. 한마디라도 좋으니 딸아이의 목소리를 들어보는 것이었다.

'뭐야, 모두 이루어졌잖아.'

지금, 딸아이는 나와 조용히 손을 잡고 와이키키 해변을 걷고 있다

한마디가 아니라 3천 개 이상의 단어를 알고 있다. 내가 딸아이한테 말을 가르친 것이다.

어째서 지금에서야 깨달은 걸까? 소원했던 것보다 더 많은 걸 이루지 않았나.

딸아이를 훈련함으로써 내 얼굴이 호감 가는 인상으로 변했나 본데, 나 자신은 그것도 느끼지 못했다. 자기 얼굴은 볼 수 없다. 마찬가지로 눈앞에 있는 행복도 보려 하지 않았다.

사과 농장 사건이 있던 날 밤, 악마와의 계약은 정말 이루어졌는지도 모른다. 나는 내게 가장 소중한 걸 주겠다고 했다. 나는 그것이 목숨일 거로 생각했지만 악마가 가져간 것은 내가 목숨 이상으로 집착했던 것 바로 돈이었다.

대신, 소원은 이루어졌다.

말도 안 되는 소리라 비웃을지 모르겠지만 인생, 이렇게 생각하는 편이 재미있지 않을까. 있을지 없을지 알 수 없어 고민된다면 있다고 믿어 보자. 그게 잘사는 방법 아닐까.

나쁜 거래는 아니었다. 좋은 거래였다며 악마와 악수할 수 있겠지.

하지만 언젠가부터 나는 '일 년만 더 일찍 시작했다면 더 좋아졌을 텐데' '보통 아이들 정도만 되면 얼마나 좋을까'라며 멋대로 목표를 높였다. 그리고 목표가 이루어지지 않는다고 멋대로 불행해졌다.

나를 불행하게 만든 진범, 그것은 나 자신이었다.

목표를 설정하고 그것을 이루기 위해 노력하는 것도 중요하다. 하지만 동시에 인생에서는 바로 눈앞에 있는 행복을 알아보는 능력도 필요하다. 아니, 오히려 그 능력만 있다면 충분하지 않을까.

……지금 목표를 세워도 그 목표가 정말 옳은지 아닌지 확인할 방법은 없지 않나요? 어쩌면 잘못된 목표 탓에 잘못된 행동을 하게 될지도 모릅니다. 일 년 후의 일은 아무도 모르니까요.

야마모토 선생의 말이 떠올랐다.
"정말……. 정말 목표 따위는 필요 없었던 거야."
인생은 모든 게 예상 밖이다. 내가 조절할 수 있는 일은 한정되어 있다. 조절하려고 발버둥 치기 때문에 괴로운 건지도 모른다. 바다 한가운데 떠 있는 섬들 사이를 오가는 바람에 마음을 맡기고, 지금까지 단단히 움켜쥐고 있던 인생의 조종간에서 손을 놓고 싶어졌다. 그 순간, 바다 저 깊은 곳에 가라앉아 있던 마음이 홀연히 떠올랐다.
나는 이제 목표의 노예가 아니다. 지금부터 모든 목표는 버리자. 인생, 처음부터 다시 시작하자. 포기하지 말고 다시 한 번 일을 시작해보자. 가면을 벗고 민얼굴로.

## 북태평양에 찾아온 마법의 시간

자폐증을 앓는 아이는 자기 생각이나 바람을 요구하는 데 상당히 서툴다.

'~를 줘.' '~가 하고 싶어.' '~해줘.' 같은 요구를 나타내는 언어는 자폐아들 사이에서도 고도의 행동으로 분류된다.

3천 개 이상의 어휘를 습득한 리카도 마찬가지다. 다양한 사물을 가리키는 단어를 듣고 구분하고 말할 수는 있으나 자신의 욕구를 자발적으로 말로 표현하지는 못했다.

어느 여름날, 지인이 자폐증을 앓는 아이들과 함께 차를 타고 드라이브를 나갔다. 하지만 그날 운 나쁘게도 차량 에어컨이 고장 나서 실내가 무척이나 더웠다고 한다. 그런데 뒷자리에 앉은 두 아이는 "더워요"라는 말도, "창문 열어주세요"라는 말도 없이 온몸을 땀으로 푹 적신 채 잠자코 앉아 있었단다.

자폐아들은 자신이 원하는 것을 요구하지 못하기 때문에 '크레인 행동'이라고 해서 다른 사람의 손을 마치 크레인처럼 이용해 원하는 것을 잡거나 책장을 넘긴다.

자폐아가 자신의 욕구를 말로 표현하기는 상당히 어렵다.

욕구 표현이 안 되는 것과 관계가 있는지도 모르겠지만 리카는 단어를 발음하는 것과 단어와 단어를 이어 문장으로 말하는 데 서툴렀다. 리카의 입에서 두 단어, 세 단어가 연속해서 나온 적은 아직 없었다.

와이키키 해변 곳곳에 화톳불이 눈에 띄었다. 바다를 바라본 순간,

일본의 그것보다 몇 배나 커다란 석양이 수평선으로 가라앉고 있었다. 세상은 오렌지빛 필터를 씌워놓은 것처럼 농밀한 공기로 가득했다.

영화 촬영 현장에서는 태양이 가라앉는 이 짧은 순간을 매직 아워라고 부른다고 들었다.

북태평양의 매직 아워는 리카에게도 마법을 걸었다. 리카는 잠시 오렌지빛 바다를 응시하더니 몸을 돌려 나를 올려다봤다. 그리고 태어나 처음으로 자신이 원하는 것을, 주어와 술어가 갖춰진 완벽한 문장으로 말했다.

"리카, 밥, 먹고 싶어."

## 옮긴이의 말

요즘에는 '자폐증' '자폐아'보다는 '자폐범주성 장애' '자폐스펙트럼 장애' '자폐 성향의 사람들'처럼 넓은 범주의 용어가 더 많이 사용되는 것 같으나, 이 책에서는 저자의 의도대로 전문용어보다는 일상에서 더 친숙한 혹은 간결한 용어를 사용했음을 밝힙니다.

'리카의 훈련 기간인 3년이 지났다. 지금까지의 일상은 전쟁과도 같았고, 축제 같기도 했다. 딸아이를 칭찬하는 소리와 딸아이의 웃음소리가 허공에 울리는 시끌벅적했던 나날은 이제 여기에 없다.'

아이와 함께하면서 얻는 행복과 기쁨은 이루 말로 다할 수 없겠지요. 하지만 어디 그런 날만 있겠습니까. 매일매일 성장하는 아이를 키운다는 것은 어른에게도 끊임없는 첫경험의 반복이며 그런 만큼 실수와 후회가 함께하기 마련입니다. 아마 대부분의 부모는 매일 실수하고 매일 후회하며 아이와 함께 성장하겠지요. 여기 리카의 아빠도 그렇습니다. 리카는 평범한 아이들과는 다른 '자폐증'이라는 장애가 있는 아이입니다. 그리고 이 책은 리카의 아빠가 자신의 딸아이에게 '응용행동분석'이라는 자폐중재 방법을 적용하는 과정을 통해 결국은 자신이 성장했음을 깨달았다는 내용을 담은 논픽션입니다.

장애 진단을 받기 전의 불길한 예감, 진단 후의 절망, 3년에 걸친 고단하면서도 보람된 훈련 과정 그리고 달라진 나. 마치 한 편의 영화처럼 시작해 소설처럼 전개되다가 계발서처럼 조언하고 일기처럼 솔직히 감정을 토로하는 이 책의 매력을 한마디로 꼬집어 말하기는 어렵군요.

'응용행동분석'은 수많은 권위 있는 학술지를 통해 그 효율성이 언급되어 온 과학적이고 체계적인 학습법이라는 평가가 지배적입니다. 반면 일정한 환경과 정해진 방식으로 훈련이 이루어지기 때문에 일반화가 어렵다는 점, 교사주도형 기법이기 때문에 아동의 자율성과 독립성, 창의성 개발에는 한계가 있다는 점 등 단점도 지적되고 있습니다. 하지만 리카가 트럭이 질주하는 큰길로 내달리던 상황을 떠올리면 이러한 단점에도 불구하고 아이의 생명을 지켜줄 수 있는, 현재로서는 유일한 구원의 끈이 아닌가 싶습니다. 창의성도 중요하지만 생사의 갈림길에서 창의성을 논하는 것은 좀 멋쩍지 않을까요.

저는 '응용행동분석'에 대한 정보를 《자폐스펙트럼장애 A to Z》《자폐스펙트럼장애의 이해》《자폐 범주성 장애 : 중재와 치료》 등의 책을 통해 얻었습니다. 이 밖에도 다양한 경로를 통해 얻을 수 있을 것으로 생각됩니다.

이 책은 학술서나 전공서적에서 언급되는 딱딱하고 어려울 수 있는

'응용행동분석' 법을 일상에서 손쉽게 응용할 수 있도록 풀어 썼습니다.

자폐증에 대한 오해와 편견을 바로잡고, 시간이 지나도 늘 초보임을 자책하는 보통 엄마 아빠의 어깨를 토닥거려주고, 나아가 도움이 절실한 누군가에게 작은 힘이라도 된다면 이 책을 번역·출간하는 보람이 있겠습니다.

김소연

옮긴이 **김소연**

전문 번역가. 한국외국어대학교 통역번역대학원과
동덕여자대학교에서 공부했으며, 현재는 서울외국어대학원대학교
통역번역대학원에 출강하고 있다.
옮긴 책으로는 《새로운 발상의 비밀》, 《가능성의 발견》, 《생물과 무생물 사이》,
《모자란 남자들》, 《동적평형》, 《나누고 쪼개도 알 수 없는 세상》,
《구글 라이팅》, 《팔 없는 사람을 그리는 아이들》, 《나, 엄마 만나러 왔어요》,
《느티나무의 선물》 등이 있다.

# 아이는 느려도 성장한다

1판 1쇄 발행 2014년 4월 21일
1판 5쇄 발행 2021년 10월 10일

지은이 도조 겐이치 | 옮긴이 김소연
펴낸곳 (주)문예출판사 | 펴낸이 전준배
출판등록 2004. 02. 12. 제 2013-000360호 (1966. 12. 2. 제 1-134호)
주소 03992 서울시 마포구 월드컵북로 6길 30
전화 393-5681 | 팩스 393-5685
홈페이지 www.moonye.com | 블로그 blog.naver.com/imoonye
페이스북 www.facebook.com/moonyepublishing | 이메일 info@moonye.com

ISBN 978-89-310-0772-5 03830

• 잘못 만든 책은 구입하신 서점에서 바꿔드립니다.

ᇝ문예출판사® 상표등록 제 40-0833187호, 제 41-0200044호